FISCHER BIBLIOTHEK

Luise Rinser

SEPTEMBERTAG

Mit einem Nachwort von
Otto Basler

S. Fischer Verlag

4. Auflage, 14.–16. Tausend

Umschlagentwurf: Hannes Jähn
Satz und Druck: Wagner GmbH, Nördlingen
Einband: G. Lachenmaier, Reutlingen
Printed in Germany 1986
ISBN 3 10 066022 6

L. D.

Per te poeta fui   per te cristiano

Dante, La Divina Commedia
Purgatorio XXII

Mein Tag beginnt früh, er beginnt still und gesammelt, er verspricht viel, er verspricht Stille und Sammlung für die Zeit seiner Dauer; ich weiß, daß er sein Versprechen nicht halten kann, nicht halten will, und doch vertraue ich ihm, weil ich vertrauen will. Während ich auf die Terrasse laufe, fühle ich unter mir noch die Traum-Tag-Brücke schwanken, noch ist das feste Ufer des Tages nicht erreicht. Auf der Brücke begegne ich meinen fernen Söhnen, meinen Freunden, meinem Engel, ich begegne dem Leben, es riecht nach Feuerchen, in denen die Straßenkehrer den Parkkehricht verbrennen, dürres Geäst, welkes Laub; und es riecht nach dunkel geröstetem bitterem Kaffee. Der Holzfeuergeruch, das ist Erinnerung: so roch es daheim auf dem Dorf, so roch der Herdrauch, so rochen die Kartoffelfeuer auf den Äckern. Der Kaffeeduft aber, das ist Rom, das ist lebendig andrängende Gegenwart, dieser Geruch macht wach, macht Appetit auf den Tag, auf das Leben, auf einen selbst, auf alles was ist und sein wird, und auf das was gewesen ist, auch.

Der Park vor dem Haus steht regungslos, ein diszipliniertes Orchester, das auf den Einsatz wartet. Platanen, Pinien, Pappeln, Palmen, seit fast fünf

Jahren sehe ich sie täglich, warum erst heute merke ich, daß sie alle mit einem ›P‹ beginnen, und das ›P‹ ist der Baum unter den Buchstaben des Alphabets. Urform des Baumes, Stamm und Krone. Ich erfahre es noch halb träumend, aber daß ich die Erfahrung bedenken kann, gehört schon dem Tag an.
Ein erster Windhauch streicht über den Park hin, ich fühle ihn nicht, aber das Laub fühlt ihn, es antwortet, das Grün kräuselt sich, zeigt silbern aufgeschlagene Unterseiten, schläft wieder ein, hat nur geträumt. Es ist etwas am Morgen, das mich rührt: dieser erste Augenaufschlag, dieser noch leere Blick, der Blick eines erwachenden Esels, der nichts mehr weiß von gestern und noch nichts von heute, der die Last und die Schläge vom Vortag vergessen hat und stumm bereit ist für das was kommen wird.
Noch nicht lange, daß ich heiter aufwache und schwerelos vertrauend den Tag wage. Da gab es kaum einen Morgen, an dem ich mich nicht vom Grund eines Teertümpels, eines Bleisees hocharbeiten mußte, keinen Boden unter die Füße bekam, unheimlich versucht war dem Unkenruf zu folgen, mich wieder fallen zu lassen und hocken zu bleiben, unten, tief unterm Meeresspiegel, wohin kein Ruf mehr gelangt, wo man nur mehr wartet, bis man zerfällt. Oder andere Morgen, an denen ich, im

Halbschlaf noch, die große schwarze Lawine über mir hängen fühlte, die nur darauf wartete, daß ich mich bewegte; so durfte ich mich denn nicht rühren, mußte den Atem anhalten, mich ganz flach machen, eine Maus, viel zu klein, als daß jemand sie bemerkte, als daß sie ins Gewicht fiele in dieser riesigen streitsüchtigen Welt. Angst, ja, die kenne ich; das verzweifelte Auswerfen des viel zu leichten Ankers an zu kurzer Kette, und keinen Grund finden am Morgenufer.

Aber heute fürchte ich nichts, heute zeige ich mich freimütig schutzlos dem Tag, mache die Demutsgebärde des angegriffenen schwächeren Wolfs, zwinge den Übermächtigen zur Großmut, und wage mich zu freuen, weil der Morgen frisch und bitter riecht, weil der Himmel makellos ist, weil eine späte rosa Nelke aufgeblüht ist am schon verdorrenden Busch, weil ich den Tod nicht scheue, weil ich lebe, weil ich auf eine Art lebe die nur ich weiß und kann, ein Leben unter Milliarden, aber das meine, das etwas sagt was kein anderes sagen kann. Das Ein-Malige eines jeden Lebens. Es macht heiter zu wissen, daß jeder recht hat mit sich selbst. Schön ist es, älter zu werden, erlöst von sich, von der gewaltigen Anstrengung ›etwas zu werden‹, etwas darzustellen in dieser Welt; gelassen sich einfügen, irgendwo, wo gerade Platz ist, und überall man selbst zu sein und zugleich weiter nichts als einer von drei Milliarden.

Dies alles, in vielen Worten gesagt, dauert zu fühlen drei, vier tiefe Atemzüge lang. Nun bin ich wach. Veni, lumen cordium. Um Viertel nach sechs gehe ich aus dem Haus, den Aventin hinauf. Der Weg hat seine Stationen.

Im Nachbarhaus öffnet sich die Tür: die Portiersfrau, jung noch, todernst, wohlfrisiert, barfüßig, rote Gummihandschuhe, mit einem tropfnassen Lappen am zu kurzen Schrubber den gepflasterten Vorplatz wischend, eine Exilfürstin, vorübergehend verarmt, zu Unrecht erniedrigt, am Abend wird sie mir wieder begegnen, geschminkt, gut gekleidet, erhöht, in alle Rechte eingesetzt.

In der Via Oddone di Cluny hocken die Katzen unter den parkenden, taunassen Autos, die Benzintanks als schützendes Dach über den staubigen Köpfen, den flöhigen Pelzen. Oddone di Cluny: was für ein Klang; vieltürmiges himmlisches Jerusalem, stolz verfallende Ruine, für die Frankreich kein Geld aufbringt, im September war ich dort, immer ist mein Herz im September in Cluny, und immer wird es September für mich sein in Cluny: Herbstgras im Gemäuer, burgundisches Herbstlicht fließend im dachlosen Schiff, schweigender Vogelzug über offnen Gewölben.

Auf der Piazza dei Servili begegnet mir die Frau mit dem Spaniel, der seine Leine auf der Erde nachzieht. Die Frau, unbestimmbar wie alt, vielleicht fünfzig, schlendert daher, wie geht sie nur, niemand geht so wie sie: das Gesicht hoch erhoben, die Füße nachschleifend, wie jemand der ein weites Ziel hat und es voller Heimweh in der Ferne erblickt, dem es aber dann doch nicht lohnt, dorthin zu gehen, es ist zu weit. Sie hält eine Zigarette zwischen den Fingern, lose, wie verschmäht, wie zum Wegwerfen, nie sehe ich sie ohne Zigarette. Bitter trotzig genießt hier eine Frau ihr Alleinsein, trägt ihr ungeschminktes Altern herausfordernd zur Schau: ›Seht, das ist der Mensch, ein Wesen zum Unglück geboren, wenig wert, zum Verfallen bestimmt, gebt es doch zu.‹ Je nach Laune grüßt sie mich mit einem beiläufigen Nicken. Heute geruht sie nicht, mich anzuschauen.
Aus dem Tor der Clinica Santa Sabina fährt ein Auto. Ein Mann, übernächtig, Chefarztphysiognomie, der Mann der das Gruseln nicht kennt, der Medizinmann, der von einer der gewöhnlichen Konferenzen mit dem Tode kommt, ein gentleman-agreement in der Tasche: zwei längst überfällige krebsige Alte für ein pralles Neugeborenes. An der Ecke zur Via Melania überfährt er, nervös vor Müdigkeit, beinah eine Katze; beinahe; das Tier

macht einen Satz und geht dann, hocherhobenen Schweifes, etwas erstaunt weiter, weiß nicht was ihm soeben neu geschenkt wurde: Zeit, Lebenszeit, um weiter lustvoll Abfalleimer durchschnüffeln zu können, auf einem sonnenwarmen Mäerchen zu schlafen, im nächsten März wieder sehnsüchtig zu schreien, zu kämpfen, sich zu paaren. Wohin aber gehen die tausend herrenlosen römischen Katzen sterben, wenn sie alt sind?
An der Ecke der Via Melania und der Via Sant' Anselmo riecht es seit Tagen abscheulich sauersüß nach Gas, es strömt irgendwo hier aus einem undichten Rohr unter dem Pflaster, warum nur meldet das niemand, der hier wohnt? Was wir doch alles einatmen: ins giftige Leuchtgas gemischt den Gestank von Verfaultem aus Abfalleimern, den Karbol- und Lysolgeruch aus der Klinik, den Verwesungsduft der abgefallenen welken Akazienblätter, und, der Nase nicht wahrnehmbar, aber dennoch ihr zugemutet, den Geruch ungelüfteter Betten, den Geruch nach Todesschweiß, nach Blut, Eiter und Zeugung, nach der großen und schrecklichen Gärung überall im Boden unter unseren Füßen, und all das Ausgeatmete und die Abgase von drei Milliarden Menschen und Abermilliarden Tieren, in unendlicher Verdünnung, zugegeben, aber darum nicht minder wirklich, alles durch Mund

und Nase und Poren einstreichend in uns, räuberisch schleichend Besitz ergreifend von uns die wir wehrlos sind, und unbefragt Teil von uns werdend; und wir selbst geben doch auch unseren Gestank ab, was für ein unaufhörlicher Austausch, was für ein Graus. Aber freilich, hineinverwoben, hineinversprüht, die Geschenke: der Duft nach frischem Brot, nach gesundem Mauerstein, nach Pinienwäldern und Salzmeer, nach Kaffee und Gletschereis und griechischem Rosenweihrauch. Nicht eins aus dem andern zu lösen. Duft und Gestank. Beides. Beides das Leben. Das, was sich uns bietet, was wir nicht ausschlagen können, annehmen müssen, uns einverleiben durch alle Poren, was Teil wird von uns selbst, was wir selbst sind. Wer da noch meinen kann, er sei fähig sich herauszunehmen aus dem Ganzen, sich auszusparen, weltverachtend exklusiv . . . Nichts anderes bleibt uns als: das Ganze, Duft und Gestank, ganz still und selbstverständlich einzuatmen, und den andern das gleiche zuzumuten.

Dort drüben das feuchte Loch, in dem der einäugige Flickschuster haust und seine viel jüngere, hübsche, lebhafte Frau aus Sorrent, die schier umkommt vor Heimweh, hier in den Norden verschlagen, die Großstadt hassend, während der Mann nicht aufs Land will, nicht in den Süden, nicht heraus aus dem Loch, nicht heraus aus der Misere, und gäbe es dort unten die Möglichkeit, ein eigenes Geschäft aufzumachen, er war einmal Meister seines Fachs, seine Maßschuhe konnten sich sehen lassen, waren gut bezahlt; aber nein: er hockt hier, flickt altes Schuhwerk, tut es exzellent für billiges Geld, würde für fünf Zigaretten zu Fuß nach San Pietro laufen, sieht sonntags im dunklen Anzug aus wie ein Herr, läßt, so arm er ist, keinen Besucher gehen, ohne ihm einen Tropfen Nocillo anzubieten, nein aufzudrängen, den Nußlikör, den man bei ihm zuhause braut, und ein Stück Brot, auch vom Land, von den Verwandten gebracht. Und seine Frau, die Heimwehkranke, die seit fünfzehn Jahren den hoffnungslosen Kampf führt gegen seine faulende Schwermut, gegen den pelzigen nassen Schimmel hinter dem unfruchtbaren Ehebett, gegen die Häßlichkeit des feuchten Zweizimmerlochs, die sie mit Spitzendeckchen und Spiegeln und Vasen verzweifelt geschickt verbirgt und verzaubert, so daß man gern eine Weile dort sitzt: Professoren aus den umliegenden Kollegs, Ärzte aus der Klinik, ich auch. Bisweilen hassen sich die beiden; er sie um ihrer nervösen Intelligenz, ihres Auftriebs, der ihm so unbequemen sozialen Unzufriedenheit willen; sie ihn seiner bleigrau zentnerschweren Stumpfheit wegen. Häufig bricht sie einen Streit vom Zaun, um ihn zu reizen, herauszulocken, zum Brüllen zu bringen, zum Sichwehren, aber er brüllt nicht, schlägt nicht, hockt unerreichbar tief in seiner morastigen Schwermut, während sie stichelt, schimpft, weint und die wenigen Möbel umstellt, um nur irgend etwas zu verändern an ihrer Lage. Bisweilen schmiedet sie große Pläne, etwa: den Mann zu verlassen, heimlich zu gehen nach Sorrent, dort eine Fremdenpension aufzumachen. Und der Mann? frage ich, käme der nach? Nein, sagt sie, der wird hier verschimmeln, verfaulen, verhungern, und mir ist's gleich. Aber es ist ihr nicht gleich, und fünf Minuten später kann sie verschämt wie ein junges Mädchen sagen: »Was denken Sie, wie schön er ist von den Hüften bis zu den Knien.« Manchmal fällt ihnen gemeinsam etwas ein, sich zu trösten, etwa zwei Kanarienvögel zu kaufen, ein Pärchen, mit dem sie reden, er zum einen, sie zum andern, alle Zärtlichkeiten die sie einander nicht sagen, und auch sonst einiges, was man so direkt nicht sich gegenseitig ins Gesicht wirft. »Du bist un bravo«, sagte sie zu dem Vogelmännchen, als sein erstes Junges aus dem Ei schlüpfte, »du bist tüchtig, du kannst, was mein Mann nicht kann.« Das war brutal und sollte es sein, und ihre Augen funkelten noch am nächsten Tag genußvoll, reuelos, als sie es mir erzählt.

Sie besitzen einen Hahn, einen einzelnen Hahn, den haben sie mit einer Schnur an ein Zitronenbäumchen gebunden, er soll eines Tages geschlachtet werden; sie hatten schon einmal einen zum Mästen und Schlachten, der lief ihnen nach wie ein Hündchen, ließ sich greifen und tragen und streicheln, und war ihnen viel zu lieb, als daß sie ihn hätten töten können; einmal dann taten sie's doch, aber da war er alt und zäh. Jetzt haben sie wieder einen. Ich stelle eine Tüte mit Brotresten ans Gittertürchen, für den Hahn, den jetzigen, jungen, und fühle schon zwischen den Zähnen sein hartes Fleisch, das ich eines Tages werde essen müssen. Jetzt schlafen Hahn, Vögel, Schuster und Frau. Fenster, Vorhänge, Tür, Jalousien sind dicht geschlossen. Später wird die Frau mir erzählen, daß sie seit vier Uhr auf und bei der Arbeit sei.
Weiter oben in einem Garten, unter einem spät und rot blühenden Oleander, als sei mit Bedacht der hübscheste Platz gewählt, bespringt ein weißer Kater eine weiße Katze, jetzt im September, unzeitgemäß genug, und eine andre, graue, schaut zu, noch eine kommt, eine dritte, vierte, mißfarbene Tiere, lassen sich nieder im Kreis um das Paar, hocken da wie aus Lehm, glotzen interessiert; was für ein spectaculum für sie, diese perverse Septemberbegattung.

Unter den parkenden Autos auf der Piazza Sant' Anselmo eines, das ich kenne. Das schwedische Ehepaar ist wieder da, es kommt jeden Herbst, zugvogelgenau auf den Tag, es kommt, um hier miteinander, aufeinander böse zu sein wie zu Hause auch, nur etwas kostspieliger als dort. Sie laufen nebeneinander her, jedes seinen eigenen Romführer und eine Zeitung unterm Arm, stumm, schauen geradeaus, geben sich wechselseitig wortlos die Schuld an was immer auch, und reisen doch treulich mitsammen, mürrisch, alternd, gereizt, langbeinig, farblos, pflichtgemäß, und doch sichtlich ein Paar. Wer kann es verstehen?
Jetzt schlafen auch sie noch. Der ganze Aventin schläft noch, dieses altmodische, intime, private, exklusive Villendorf inmitten der Weltstadt.
Die große Gitterpforte von S. Anselmo ist bereits offen. Der Weg zwischen den dunklen steilen Bäumen ist feucht vom Tau. Der Garten duftet. So roch der Garten meiner Kindheit: Kloster Wessobrunn. Zypressen, Buchs, Tuja, und aus dem Kirchenportal eine Duftspur von Weihrauch und geschmolzenem Bienenwachs: unendlich vertraute Geruchsworte, Chiffren der Sehnsucht nach den ausgesparten Inseln des Friedens und der Unschuld; Inseln, die es doch gar nicht gibt, nicht dort und nicht hier, und nicht geben darf inmitten unserer

lebendig verworrenen, sich mit sich selbst quälenden Welt, die noch immer nicht sich selbst versteht. Ich suche hier keinen Frieden, keinen solchen, den will ich nicht, ich lasse nicht ›die Welt‹ draußen vor der Tür, um drinnen, allein, auf spirituelle Weise, glücklich zu sein; ich nehme vielmehr entschlossen die Unruhe der Welt mit hinein, wohin sonst sollte ich sie tragen als eben da hinein: den Mord an vier kleinen Negermädchen in den amerikanischen Südstaaten, die Toten des abgestürzten Genfer Flugzeugs, den erschossenen Flüchtling an der Berliner Mauer, die verwundeten Demonstranten in Vietnam, die Angst im Osten, die Leiden meiner Freunde, ihre Krankheiten, überspielten Depressionen, Gewissensnöte, ihre herzbeklemmende Einsamkeit, ihren geheim nagenden Ehrgeiz, ihre Feindschaften, zerbrechenden Ehen, ihre berechtigten Wünsche, ihr ergreifendes Verlangen nach Schuldlosigkeit und Frieden. Nicht allgemein, nicht summa summarum trage ich das vor, sondern jeden Fall einzeln, nachdrücklich, mit Nennung der Namen, denn nur das Benannte ist wirklich. Die große Kirche ist fast leer. Die Studenten der Benediktiner-Universität sind noch in den Ferien. Einige Brüder knien im Schiff, und wir zwei Stammgäste, Morgenwächter, Freiwillige: die alte Portiersfrau und ich, nebeneinander, schweigend befreundet seit

Jahren, eine die andre sorgenvoll vermissend, wenn sie einmal fehlt. Meine alte Freundin neben mir weiß nichts von Realpräsenz und hypostatischer Union, und fragte ich sie, wie denn ihr Gott da sei in dem weißen Brot, so würde sie gewiß flink und zuversichtlich eine Häresie sagen; was tut's, ihr Herz weiß die Wahrheit, wo Theologie Verwirrung stiftet; genug, der Herr ist da, das Geheimnis ist tägliches Brot, dient zum Essen, wirkt Liebe; mehr zu wissen, mehr zu glauben: unnötig.

In der Via Porta Lavernale, auf dem Heimweg, begegnet mir mein Verehrer, der Müllmann; er leert den Abfall aus vors Haus gestellten Eimern in seinen großen Sack und schleppt ihn zur Piazza Sant'Anselmo, wohin ein wenig später der städtische Müllwagen kommt. All diese Müllmänner, immer dieselben, lächeln mir zu, es bildet sich da so im Lauf der Jahre eine Art Morgenkameradschaft heraus, eine Exklusivität der Frühaufsteher, der Frühbeschäftigten. Einer von ihnen hat sich für eine besondere Beziehung zu mir entschlossen. Vor zwei Jahren erklärte er mir, eine Hand am stinkenden Abfallsack, die andre aufs Herz gelegt, seine Liebe; es war eine beachtliche Szene, er sprach seinen Text mit heiserer Stimme und großem Pathos, und als ich lachte (was sonst blieb mir zu tun), sagte er finster und hart: »Wäre ich reich, Signora, so würden Sie jetzt nicht lachen; bin ich nicht auch ohne Geld Mann?« Aber dann, später, haben wir uns versöhnt, und seither begrüßen wir uns mit Händedruck. Seine Hand stinkt nach Verfaultem, die meine auch, nachher.

Weiter unten, vor dem Istituto die Santo Spirito, treffe ich auf eine ältere Frau, die ich nicht beurteilen, nirgendwo einordnen kann. Sie steht dicht an der Gartenmauer, ohne sich anzulehnen, steht und steht da, an anderen Tagen geht sie langsam an der Mauer entlang, in Filzhausschuhen, was immer auch für Wetter ist, oder sie sitzt auf zwei übereinandergebauten alten Obstkistchen und liest. Sie liest etwas klein Zusammengerolltes, sie liest es, von unten nach oben, aber sie rollt das Papier nicht auf, niemals, es bleibt gerollt, also kann sie nur das lesen, was nicht eingerollt ist, das ist wenig, und so muß sie immer dasselbe lesen, vielleicht liest sie aber gar nicht, kann gar nicht lesen, tut nur so, benützt die Rolle und das scheinbare Lesen, um nicht aufblicken zu müssen, aber manchmal blickt sie plötzlich auf, schaut einen an als überlege sie, ob sie jetzt betteln soll oder nicht, aber sie macht nie die leiseste Geste einer Bettlerin und ist, wiewohl ärmlich gekleidet, doch wieder nicht so recht die Figur einer Bettlerin, niemand gibt ihr darum etwas, und doch meine ich immer wieder, ich müßte

es tun, aber irgend etwas an ihr wehrt ab. Wohin gehört sie, wo haust sie, wer sorgt für sie, wer wird sie finden, wenn sie eines Nachts sich zum Sterben hingelegt hat?
Ganz eindeutig ist der Fall des Alten vor dem Hotel Santa Prisca. Er bettelt zwar auch nicht, streckt keine Hand aus, sagt kein Wort, hält keinen Hut mit der Öffnung nach oben, er steht oder hockt nur da mit glasigen Augen, mümmelt Brotkrümel aus der Hosentasche und wartet. Fremde aus dem Hotel geben ihm etwas, Einheimische nie, sie wissen, er versäuft es ja doch nur, aber warum eigentlich soll er's nicht versaufen, was soll er denn sonst tun mit dem Geld, was soll er denn sonst tun im Leben, wie soll er es denn bestehen, und wer sagt denn, daß der Mensch nicht saufen soll, wenn er traurig ist, da doch der große Thomas von Aquin rät, man soll heiße Bäder nehmen gegen die Schwermut, oder sich unterhalten oder weinen, wenn's geht, warum nicht auch trinken, es ist besser als morden, besser als ehebrechen, als ehrabschneiden, und wer sagt denn, daß der Mensch nur etwas gilt in der Schöpfung, wenn er sie verändern will, tätig ist, tüchtig ist, sozial ist; darf es, muß es nicht auch die anderen geben, solche die nichts tun, die aufgehört haben sich wichtig zu machen, die auf Geld und Gut pfeifen, für die die Ehre die Ehre ist weiter

nichts, und die auf ihre Weise Gott beim Wort nehmen, daß er seine Geschöpfe nicht verlasse, auch die nicht, die weder säen noch ernten? Wissen möchte ich, was dem Alten durch den ungewaschenen, unrasierten Kopf geht, wenn er so dahockt mit glasigen Augen. Ich hoffe, es ist ihm wohl. Aber freilich: er wird nicht wissen, wie ihm ist, er wird nicht wissen, welchen Stil er lebt, welches Experiment er wagt. Gar nichts mehr haben, gar nichts mehr sein in der Welt, nicht mehr mitgezählt werden, aufgegeben sein, nicht mehr tiefer fallen können, geborgen sein, wehrlos in der offenen Wüste: geheim gehegte Sehnsucht, nicht nur die meine. R., der Berühmte, der Lucide, äußerst Geordnete, sagte mir neulich auch, er verspüre unheimlich stark den Sog dort hinunter: verachtet sein, umhergestoßen, verleumdet, heimatlos, vergessen; die unstillbare intellektuelle Neugier, die ihn drängt, jene Erfahrung zu machen; er wird sie nicht machen, und das ist sein Leiden: nicht alle Erfahrungen machen zu können, auswählen zu müssen und darum immer nur eines und nicht auch, zugleich, dessen Gegenteil zu erleben. Für einen Metaphysiker ein arges Problem. Aber es ist nicht nur spirituelle Neugier, die zu solchem Ende drängt, es ist der Durst nach allerletzter unüberbietbarer unwiderruflicher Entäußerung, nach der mystischen Armut, nach dem Tod am Kreuz.

Beim Bäcker an der Ecke in der Via Marmorata kaufe ich mein Stückchen pizza calda, frisch aus dem Ofen, und Bauernbrot, wenn es schon gekommen ist aus Genzano. Der Verkäufer sagt sonst »Guteen Morgeen« zu mir oder good morning oder bon jour oder buenas días, und die Leute im Laden staunen; heute sagt er nichts, hat rotgeweinte Augen. Ich frage ihn, ob ihm jemand gestorben sei. Der Italiener will gefragt werden nach seinem Kummer. Aber mein Bäcker winkt müde ab. Die Kassiererin flüstert mir zu: »Seine Schwester ist sitzengelassen worden von ihrem Verlobten.« Ich flüstere zurück: »Ist sie schwanger?« – »Nein, das nicht, aber sie liebt ihn doch so.« Und deshalb hat der Bruder die Nacht durch geweint. Wäre er ein Sizilianer, hätte er den Treulosen erstochen oder es durch die Mafia, saubere prompte Bedienung, ehestens besorgen lassen. Aber ein Römer vom Testaccio, der tötet nicht, der weint. Was kann ich dafür, daß ich ihn ein bißchen verachte, nicht mit dem christlichen Verstand, das nicht, aber in einer dunklen mächtigen Schicht meines Wesens, die ich mit ebenso dunklem, befriedigtem Staunen betrachte. Ich stamme aus einer Familie, väterlicherseits, in der man solche Händel blutig austrug; einer meiner Großonkel, beispielsweise, warf seinen Bruder im Zorn die Treppe hinunter. Und H., der Sanfte,

Würdige, er lief als Bub seinem Bruder nach, das Küchenmesser in der Hand, und hätte ihn zweifellos erstochen, wäre ihm nicht unter Lebensgefahr die ganze Familie in den Arm gefallen. Und Petrus hieb dem Malchus das Ohr ab, aus Versehen, er sah schlecht in der Nacht, traf das Ohr statt des Halses, er war ein Fischer, konnte nur mit dem Fischmesser umgehen, nicht mit dem Schwert. Aber uns ist verboten zu töten. Wohin mit unserem Jähzorn, unserm Spielzeugzerstörungstrieb, unserem Mordinstinkt?

Die roten Augen des Bäckers haben mich verstört, ich weiß nicht recht wieso. Plötzlich ist der Tag nicht mehr frisch, hat zwei drei trübe Stellen, ist dabei sich einzurcihen in die Schlange aller Tage, die traurig auf Erlösung warten.

Aber ich will noch nichts wissen davon, ich will noch ein wenig retten für mich von der Morgenfrühe. Nachher wird die Post kommen, dann ist ohnehin von privater Ruhe nicht mehr die Rede. Ich mache mir Tee, trage das Tablett auf die Terrasse, esse die pizza, fühle die sanfte Sonne und lese über Teller und Tasse hinweg den ›Landpfarrer von Wakefield‹, der mir bisher nicht gefallen wollte. Schwarz-weiße Welt, Schurken, Engel, heimliche Helfer, und der wackere, sich selbst ein wenig ironisierende, Don Quijotesche Pfarrer, und alles geht entsetzlich und herzbeklemmend schief und immer schiefer, bis alle ganz unten im Kerker sich befinden, und plötzlich, genau in dem Augenblick allerheillosesten Verlusts, wird alles aufs wunderbarste und rascheste geordnet, als müßte das so sein. Schriebe heute einer so, daß die Rechnung glatt aufginge, was sagte da die Literaturkritik? Unser Unbehagen an Lösungen, was ist es in Wahrheit? Ich entsinne mich plötzlich meines alten Vorhabens, einen Aufsatz zu schreiben über das Happy-End, und wie auch des Ödipus Blendung und Tod ein Happy-End ist.

Behaglich war das Frühstück nicht, ich habe keine Begabung zur Gemütlichkeit wenn ich allein bin, und auch keinen rechten Willen dazu. Eine alte Frau an einem Tischchen in einer Konditorei, ein großes Stück Torte vor sich, im Genuß schnurrend und schmatzend, oder ein Mann allein in der Küche vor dem offenen Kühlschrank, mit Schakalblicken ein Stück Fleisch abreißend und sich in den Mund stopfend, schlingend und rülpsend, das sind Bilder, die mich genieren, ich schaue weg. Ich mag auch nicht, wenn es mir schmeckt, das tut es ohnehin selten, mir schauen zuviele unsichtbare Augen auf den Teller, ich weiß selbst wie Hunger tut, habe im Gefängnis bei Kriegsende halbfaule Salatblätter aus dem Abfalleimer gestohlen und Brotrinde aus dem

Trockenofen in der Fabrik, seither bin ich nicht mehr allein beim Essen, und es hilft nicht mir zu sagen, ich sei es doch nicht, die Weltpolitik mache, und davon, daß einer das Brot ohne Butter ißt, werde kein hungriger Koreaner satt, das weiß ich doch selbst, aber ich weiß auch, daß es nicht getan ist damit, hundert Mark für Misereor zu geben und damit eine brasilianische Mutter für ein paar Tage vom Auf-den-Strich-Gehn abzuhalten; man muß auch mit andrer Münze bezahlen: mit der Scham zu besitzen; mit der Scham über diese Scham, die einen nicht dazu vermag, daß man seinen Besitz hingibt, mit dieser Scham die einem den eignen Besitz so vergällt, daß es beinahe genauso ist, als hätte man ihn schon verloren; mit der eigenen Armut die Armut der andern auffüllen, das ist auch etwas, das zählt und ist gar nicht so leicht zu leisten, ich lerne störrisch, auf Wildeselart: man muß mich nach rückwärts ziehen wollen, mir sagen, ich hätte es doch endlich verdient mein Leben zu genießen; dann mache ich einen entsetzten Sprung vorwärts, in die brennende Steppe hinein, in der ich den Richter verborgen weiß, der einmal zu einer Frau, ich meine es war Angela von Foligno, sagte: »Ich habe dich nicht zum Spaß geliebt.«
Viertel nach acht. Höchste Zeit zum Arbeitsbeginn. Gab es einmal eine Zeit, in der ich mich an den

Schreibtisch setzte wie an eine gedeckte Festtafel? Ich hatte Appetit, wählte rasch, griff sicher zu, das Unverdauliche ließ ich liegen, genoß das Gelingen, auch das bißchen Bemühen und noch der Erfolg gehörten zum Spiel. Aber jetzt: auf dem nackten Tisch nichts was lockt, sperriger Stoff, hartes Brot, kein passendes Messer, und, schlimmer noch, der Boden unterminiert, überall Zeitzünder gelegt, jeden Augenblick kann eine einzige Frage den ganzen Bau sprengen. »Es muß herrlich sein, dichten zu können«, schreiben die Leser. Es ist nicht herrlich, es ist furchtbar. Mit zwei Broten, fünf Fischen Zehntausende speisen zu wollen: Hochstapelei. Wenn man nicht der HERR ist.

Aber wer sagt denn, daß man helle Freude haben müsse an der Arbeit? Die da unten an den Haltestellen der Autobusse, der Ringlinie, der Tram, der Metro warten, die alle irgendwo abgeladen werden vor einem offenen Maul, Fabrikmaul, Geschäftsmaul, Kontormaul, Schulmaul, das ihren Tag, ihre Kraft, ihren Mut, ihre Hoffnung, ihr Leben, das eine einzige Leben das sie haben, in sich hineinschlingt, gleichgültig mahlend schluckt wie eine glotzende Kuh ein Büschel Gras; und die dicken müden Marktweiber mit den Krampfadern an den Beinen, und in den Castelli die Weinbauern, denen die Arbeiter davonlaufen, dahin, wo man mehr

Geld verdient, in den Norden, ins nördliche Ausland; und diese, dort mit Berechnung Gastarbeiter genannt, die vor Heimweh nach Sonne und Spaghetti schier verkümmern; und in der Cinecittà die berühmten und halb berühmten Filmstars, die zittern vor Ehrgeiz und Angst, andre, Jüngere, Schönere würden sie überholen, entthronen und am Montecitorio die hundert Minister, Abgeordneten, Sekretäre, die dort hineingehen, wohlrasiert, mit jedem Schritt Weltgeschichte versprechend, und die dann drinnen schwitzend und armschüttelnd und schreiend an Ort treten und das wirr dahinstürzende, das selbstherrliche Leben ihres Volks nimmer einzuholen vermögen; und im Vatikan die Kurienkardinäle, alt, skeptisch, knochendürr klug, in heiligem Entsetzen hastig Stauwehre aufrichtend gegen die ebenso heilig anrollende mächtige Woge neuen Lebens, das in ihre Kirche einbricht – sie alle freut ihre Arbeit nicht, sie tun sie mühsam, laufen wie die Eichhörnchen im Rad, Weltenrad, drehen es weiter und kommen doch selber nicht von der Stelle, ein grausames Spiel, kein Wunder, wenn einer abspringt, nicht mehr mitspielen mag, der nicht sieht, daß wir mitsamt dem Rad vorwärtsrollen, aufwärts. Und R.'s vielbändiges Werk: ein jedes Kapitel der Müdigkeit abgerungen, mit einem kleinen Brecheisen herausgestemmt aus dem Gebirge von Unlust, und dazu das ›Paleae sunt, frater Reginalde‹.

Ich arbeite nicht mehr gerne; ich bin zu alt dazu um naiv an mich zu glauben, um für wichtig zu halten was ich schreibe. Bisweilen freilich überfällt mich jäh die Lust zu fabulieren; ein Einfall jagt den andern; ich bin wie der Hund in einem Regen von köstlichen Bröckchen, er weiß nicht nach welchen schnappen, er schnappt nach allen zugleich, vollführt einen schmerzhaft heiteren, verrückten Tanz für sich allein und ist schließlich satt vom Springen, braucht die Brocken nicht, überläßt sie einem andern. ›Meine ungeschriebenen Geschichten‹, das ist ein dicker Band. Wohin eigentlich entschwinden solche Einfälle, solche still und rasch für mich ersonnenen Geschichten? Es geht doch nichts verloren im All. So wird sie denn wohl ein anderer auffangen aus der Luft. Vielleicht sind meine Einfälle auch bloß die verschmähten, bloß die Abfälle von andern Autoren, von lebenden, von längst dahingegangenen. Alles gehört ja allen, und keiner von uns erfindet etwas, er nimmt es nur auf mit seinen Antennen.

Eine Stunde Arbeit, dazwischen das Telefon, einmal falsch verbunden, einmal richtig, doch unwichtig und darum lästig; mühsam muß der durchgeschrillte Faden neu geknüpft werden. Nach neun kommt die Post; Geschäftspost, rasch gelesen; und die private, sie überwiegt; in weiße, graue, gelbliche, bläuliche Umschläge sauber verpackt ein Arsenal menschlicher Nöte, dünne Blätter, schwer befrachtet mit Schicksal und mit der ängstlichen Frage: Bist du willens, mich anzuhören, stellvertretend für andre, die sich entziehen, verweigern, für Vater, Mutter, Lehrer, Priester, Ehepartner, für das unentbehrliche Du, für den Unsichtbaren, den Nicht-mehr-Geglaubten?

Manchmal bin ich feige, habe Angst vor dieser Lektüre, schiebe sie beiseite unter einen Haufen Papier, lege Bücher darauf, eine Grabplatte über solchen Anspruch an mich; bin ich ein Anwalt, Beichtvater, Psychiater? Aber dann schäme ich mich, hole die Briefe wieder hervor, bin willens mich zu stellen.

Eine Karte aus einem Ort im Balkan, wer fuhr denn dort hin? Ein Satz nur steht da: »Unsere Liebe hat sich bestätigt. David und Monika.« Die Ballade von den Königskindern: ein junger Israeli und sein Mädchen aus Ostdeutschland; sie sahen sich vor einigen Jahren in Berlin, verliebten sich, schrieben sich, sahen sich wieder, verlobten sich heimlich, wollten nur noch beide ihr Studium vollenden, ehe Monika nach Israel ginge; alles war klar und war gut. Da kam der 13. August, da baute man die

Mauer aus Stein, Angst, Ausreiseverboten und Tod quer durch Berlin, quer durch Deutschland, und Monika war in der Falle, die Falle war zu. Nur Briefe kamen und gingen, vorsichtige Sätze, Liebesbriefe harmlos und wie alle dieser Art, aber ungeschrieben das verbohrte Suchen nach einem Ausweg. Noch einmal kam David nach dem Osten, und ein weiteres Mal, Freunde hüben und drüben ließen ihre Macht spielen, was half's, Monika durfte nicht über die Grenze. David wurde schmal und bleich und über die Jahre ernst, und sein Juristengehirn ersann listig kluge und sein Herz abenteuerliche Pläne, alle unausführbar. Was bedeutet schon ein Liebespaar in der Weltpolitik, das ist ja auch richtig, und ist doch falsch, und wenn Abälard entmannt wird, weil die Kirche wichtiger ist als seine und Heloïsens unsterbliche Liebe, wer wagt da den tödlich Liebenden zu sagen, ihre Liebe sei nicht wichtig, müsse geopfert werden, sei nur als geopferte erlaubt? Und nun trafen sich David und Monika in einem Balkanland, in das beide einreisen, aber aus dem sie nicht beide zusammen nach der gleichen Richtung ausreisen dürfen. Gleichviel für den Augenblick: ihre Liebe, so schreiben sie, hat sich bestätigt. So werden sie denn weiterlieben ins Ungewisse hinein, bräutlich beständig inmitten des Bäumchenwechsel-Spiels der

andern. Jakob und Rahel, zweimal sieben Jahre diente eins ums andere, aber Jakob diente Rahels Vater, lebte im selben Haus wie die Braut, und David darf nicht einmal das, es sei denn, er bliebe dort für immer, verriete sein Land, sein Volk; und das Land seiner Braut war doch einmal auch das seine, ehe man seine Eltern daraus vertrieb; doppeltes Unrecht, finstere Wirrnis, und die beiden Kinder können nichts tun als warten an der Klagemauer, welche Stadt und Land ihrer Ur-Väter teilt: Berlin und Jerusalem, Deutschland und Israel, und den doch im Grunde unteilbaren Geist, die unteilbare Liebe. David und Monika: zwei Sarkophagfiguren, Hüfte an Hüfte schlafend auf Stein, auf Klagemauerstein, Berliner-Jerusalemer Klagestein, das steinerne Hündlein der Treue zu ihren Füßen; und die Liebenden aus aller Welt pilgern zu ihnen, aus einer geeinten friedlichen Welt kommen sie, einst, wenn es solche Not nicht mehr gibt.
Ein Brief aus Deutschland, seit Jahrzehnten vertraut diese intelligente nervöse Schrift; die seltsamste meiner Korrespondenzen, sie ist beinahe einseitig, besteht aus Briefen eines Mannes, der, und das erfährt er hier zum ersten Mal, mein Modell war zu der Gestalt des Juden Jan Lobel aus Warschau, obgleich er weder Pole noch Jude ist, sondern aus Oberbayern wie ich, Kaufmann geworden, älterer

Herr jetzt, wir kennen uns seit etwa vierzig Jahren, damals als kein Hahn krähte nach Kafka und ich ein ganz junges Mädchen war, drückte er mir ›Die Verwandlung‹ in die Hand, ein broschiertes Bändchen, und sagte: »Kafka mußt lesen, das ist ein ganz Großer, das werden die Literaturdeppen schon noch spannen eines Tags.« Er sammelte Lithographien, war bekannt in allen Antiquariaten, besaß einen unfehlbaren Spürsinn für Kostbarkeiten, fand Beckmanns, Kokoschkas, Noldes als sie noch billig waren, erhungerte sich Erstausgaben von Bang und Trakl und Weininger, las mir mitternachts Gedichte vor von Karl Kraus, ein jedes vier-, fünfmal, beschwörend, bis ich's begriff, ich höre ihn noch: »Ich dreh' mich um, da blüht der Flieder«, absichtsvoll banal und voll herzbeklemmender magischer Poesie; seine Frau ist ihm eines Tages vor vielen vielen Jahren davongelaufen, ließ ihm die einzige Tochter, die zog er groß, Vater und Mutter zugleich, hauste mit ihr ohne Putzfrau, ohne Köchin, kein anderer kam in diese Wohnung, Jahre hindurch, auf Stühlen, Tischen, Betten stapelten sich die Bücher, köstliche, rare, von niemand sonst mehr gelesene, und über die nie geputzten Fenster wuchsen Spinnwebschleier, Staubgardinen, und eines Tages begann er beinahe vorsätzlich verzweifelt sich zu verlieben, zuerst standesgemäß und nicht ganz aussichtslos, aber das brachte kein Glück, dann rasch stufenweise herunter, bis er schließlich bei einem Stand blieb, dem, nicht den Mädchen, er die Treue hält; Kellnerinnen, sie müssen nur hübsch sein, lieber noch schön, slawische Typen, und einen ›Stich‹ müssen sie haben, einen Hang zum Verrückten, zum Unberechenbaren, schicksalsverfallen, schwermütig müssen sie sein, Träume, nicht Hoffnung, nicht Erfüllung, nur Träume müssen sie ihm geben, er selbst macht sie zu Traumfiguren, denn er ist ein Dichter. Nie hat er ein Gedicht, nie eine Erzählung geschrieben, aber er selber ist eine poetische Figur wie mein Jan Lobel aus Warschau, zu dem er Modell stand. Was er anschaut mit seinen unruhigen, traurig-neugierigen Vogelaugen, und sei es das Alleralltäglichste, gerinnt zu melancholischer Merkwürdigkeit, und eine Weile glaubte ich nicht so ganz an das, was er mir, getreulich berichtend, beichtend schrieb; ich hielt das, so hamsunisch dicht und dunkel gewoben, für pure Dichtung, bis ich eines Tages eine dieser Figuren in der Wirklichkeit sah, und sie war genauso schön, so seltsam, so unergründlich wie er sie geschildert hatte, ein Bauernmädchen aus Böhmen, großäugig, großflächig das Gesicht, so wie er es liebt, und wenn sie durchs Café ging, zwischen den Tischchen hindurch mit ihrem Katzengang, nur so viel in den Hüften sich wiegend wie es der gute Geschmack erlaubt, wenn sie so ging, wehte etwas wie ein Nebelschleier aus ihren dunklen böhmischen Wäldern hinter ihr her. Ihr nun ist er schon lange treu, auf ganz und gar verrückte Weise treu. Es gibt da viel Auf und viel Ab, viele Abschiede und Doch-Wieder-Sehen, und von jeder Station dieses mühselig süßen Wegs, der nirgendwohin, immer im Kreis führt, berichtet mir ein Brief. Der heutige enthält die ergreifende Klage eines ›alten Mannes‹, so nennt er sich selbst, denn das Mädchen ist genau halb so alt wie er und doch eigentlich schon über das Heiratsalter hinaus, kein Glück in der Liebe, obgleich sie so schön ist und klug auch dazu, und jetzt sind sie beide sich ein schmerzhaftes Glück, ein unsicheres, ein schwebendes, gefährdetes Traumglück, sie kennen sich von Ewigkeit her, sind einander urvertraut, sind Liebende und Feinde, wer kann das verstehen, und wenn er ihr sagt, er wisse, daß sie daheim als Kind sich in den Strohpuppen auf dem Acker versteckt hat, wo es brotwarm und dunkel war, dann vergißt sie zu bedienen, steht da und lächelt fern zwischen Theke und Tischen und fremden Leuten, und ist wieder daheim auf dem Hof in Böhmen, den er, der mit Worten bewußt Verführende, vor sie hinzaubert, und er braucht sie nur bei der Hand zu nehmen und

mit ihr ins Kleefeld zu gehen oder auf den Heuboden oder zur Zisterne, und keiner kann das, nur er, und darum und weil sie auf solche Weise noch nie geliebt worden ist, hängt sie an ihm, ist traurig, wenn er ausbleibt und demütig, wenn er kalt ist, aber stolz und spröd, wenn er ihr einen Schritt zu nahe kommt; wohin führt das Spiel, es ist nur ein Spiel und ist doch allerdichteste, süßeste Wirklichkeit für die beiden, diese so tief Verwandten, Einsamen, Saturnbestrahlten, um die sich, um jedes von ihnen, so viel hartes Schicksal häuft, so viel auswegloses Lebensmißgeschick, so viel tägliche Mühsal in Berufen, für die sie, die zigeunerhaft Unrastigen, die unstillbar Heimwehkranken, nicht passen, und die sie doch schulkinderbrav leisten, weil es nun einmal so und nicht anders ist.
Ehe ich den dritten Brief öffne, schellt es: ein Telegramm. »Bitte an Flughafen kommen fliege New York ankomme sechzehn Uhr zähle dringend auf Treffen.« Ja, ich weiß schon: der ist die Ehe zerbrochen, ich wundere mich nicht, es war vorauszusehen, Feuer und Wasser verbinden sich nicht, auch wenn beide noch so vorsichtig einander sich nähern, einander nicht wehtun wollen. Früher einmal habe ich gedacht, man brauche sich nur recht Mühe zu geben, dann wäre alles zu leisten, zu ertragen. Es ist nicht so. Der Wille, das ist ein

Stauwehr im Strom, gewiß, es hält schon solange der Strom zahm tut, aber was, wenn ihn Schneeschmelze, Wolkenbrüche, Sturzbäche an seine Kraft erinnern und wenn es ihn drängt zu steigen und zu rasen und wenn er das brave, tapfere Wehr für ein Nichts erachtet, es einfach durchbricht und überspült? Nein: es ist nicht alles zu ertragen, nicht alles zu leisten, es gibt hoffnungslose Fälle, es gibt das ruhmlose Scheitern, ich habe es selbst erlebt, bin drum barmherzig geworden auch gegen mich selbst, wieviel mehr gegen die andern, von denen ich ja nicht weiß wieviel oder wie wenig Kraft ihnen gegeben ist, das Messen und Richten ist meine Sache nicht. Aber diese beiden da, die sich jetzt aufgeben nach kurzem Versuch, die waren klug genug, vorher zu wissen, daß sie sich nicht verbinden durften, die haben es wider ihre Einsicht getan, die wollten sich eine Ehe ertrotzen, das war schon Hybris.

Was werde ich heute nachmittag hören, was wird von mir erwartet, was ist denn zu sagen über etwas bereits unwiderruflich Abgeschlossenes? Wie immer in solchen Fällen gerate ich in den Zwiespalt zwischen Abwehr und Neigung, fühle mich widerwillig hineingezogen in fremdes verworrenes Schicksal, und doch schon bereit, mich hin- und hineinreißen zu lassen, schon regt sich meine Tatkraft, blind noch, aber bereits darauf gerichtet, etwas zu ordnen, zu retten, sinnvoll zu machen; ich kann nicht leiden, wenn etwas giftig verfault, etwas ganz und gar unbegriffen vergeudet wird, als Kind schon habe ich weggeworfene, hoffnungslos welke Blumen aufgehoben und ins Wasser gestellt, das tu ich heute noch, und dürre Sträucher begoß ich, bisweilen half es, und wenn nichts mehr zu retten war, begrub ich es wenigstens ehrenvoll. Schwer ist mir's geworden zu lernen, daß auch ich nicht erlösen, nicht ordnen kann, was hier auf Erden nicht erlöst und geordnet werden soll, und daß vieles bereits geordnet ist was ich für Unordnung halte; war nicht mein eigenes Leben genauso, schien's nicht von Verlust zu Verlust geschleudert zu werden, blindlings, ganz unbegreiflich, und jetzt sehe ich den Zusammenhang, das klare Gesetz, den strengen guten Plan, und daß Gnade war, was Verlust schien. Aber wie sage ich das einem, der leidet, dem alles auseinanderfällt in Moder und Asche? Ich habe Angst vor dem Treffen am Flugplatz, ich habe Angst ein falsches Trostwort oder eine zu harte Wahrheit zu sagen.

Wie aber soll ich jetzt arbeiten, so mit dunkler Fracht belastet, so aus mir aufgejagt? Und da liegen noch drei Briefe, ungeöffnet. Nein, ich kann jetzt nicht noch mehr fremdes Schicksal in mich aufnehmen, die eigne Arbeit drängt. Ein paar Schritte auf der Terrasse, ein Blick auf die Pyramide des Cestius, auf den Bogengang von San Saba, hier zählt man nach Jahrtausenden, das schafft Abstand zur Stunde, schafft freien hohen Raum. Aber ich bin tief gestört. »Daß einer des andern Last trage«, das sagt sich leicht; wer trägt die meine: das Nicht-Arbeiten-Können, Von-innen-heraus-nicht-arbeiten-Wollen? Mögen doch andere schreiben, Jüngere, Junge, die freut das noch, die wünschen, sich gedruckt zu sehen, berühmt zu sein. Ich möchte ans Meer fahren, der Wind weht von dort her, möchte in einem warmen Sandgrab liegen, die Ohren taub vom Rauschen des Meeres, unerreichbar für alle Anrufe der Welt. Ich greife zu einer altbewährten List: wenn ich bis zwölf Uhr, bis zum Mittagsschuß vom Gianicolo, fünf Seiten geschrieben haben werde, dann darf ich ans Meer fahren; ich falle wirklich auf mich herein, setze mich brav an den Schreibtisch, arbeite. Wie das der Mensch kann: einer sein, der anordnet, und zugleich der, welcher sich selbst gehorcht, und einer, der befiehlt, daß befohlen und gehorcht wird, einer der etwas tut und sich dabei zuschaut, und noch einer, der ihm beim Zuschauen zuschaut, und einer, der dem Zuschauenden zuschaut, wie er zuschaut, und so fort, ein Spiegelkabinett, in dem jeder Spiegel, alle andern spiegelnd, sich um sich selber dreht, unaufhörlich, ein Spiegelkarussell, gefährlich für den, der die Bewegung in Phasen zerlegt, sie verlangsamen will, um zu begreifen, was doch nicht zu begreifen, nur zu leben ist, unbefangen, absichtslos, vertrauend. Zwei Stunden Arbeit, beinahe ungestört, wenn man nicht für Störung erachtet, daß plötzlich vor meinem Fenster eine graue Wolke aus heiterm Himmel fällt und in der Krone der hohen Platane hängenbleibt, Vogelwolke, Zugvögel, was für ein silbriger Lärm, wie wenn man hundert kleine spitze Messerchen wetzt, was für eine Bewegung, flügelschwirrend, astschlüpfend, ab- und anfliegend, von Zweig zu Zweig hüpfend, einander umkreisend, Gebrodel im Grün, Starc sind's, vielleicht sind die aus dem Obstgarten meiner Mutter dabei oder aus dem Garten vor H.'s Fenster, wer weiß, Heimatvögel, wohin gehören sie eigentlich, was ist ihr Domizil und was nur ihr Ausweichort, Nord oder Süd, ich weiß es nicht, ich schaue ihnen zu, sie gebärden sich eigentlich genauso wie eine Schar aufgeregter Touristen, die nur kurz, ganz unverbindlich, Station machen irgendwo. Plötzlich aber, diszipliniert, auf Kommando, erhebt sich die Wolke entschieden mit Kurs nach Süden, ich blicke ihr nach, weg ist sie, eingeschmolzen ihr rauchiges Grau im hellen Vormittagshimmel.

Später, neue Störung, singt auf der Terrasse im Nachbarhaus ein Dienstmädchen beim Wäscheaufhängen, singt über die Dächer hin, so wie sie auf den griechischen Inseln und im Vorderen Orient singen, mit den Verschleifungen, unbestimmbaren Tonhöhen, langhingezogenen Melodien, die sich dem Aufzeichnen in Noten entwinden, sich nicht festhalten lassen im europäischen Ohr; es ist ein klagendes Lied, bisweilen wird eine Art jubelnden Schluchzens eingefügt, es erinnert an die Jodler in den Bergen meiner Heimat, fällt aber gleich wieder zurück in die gezogene Klage, Wüstenklage. Wo hörte ich schon so ein Lied? Zwischen Qumram und dem Toten Meer; ein junger Araber, ganz verloren inmitten des gelben Staublands vierhundert Meter unterm Meeresspiegel, sang es zum heißgespannten Himmel hinauf. Das Dienstmädchen kommt gewiß aus dem südlichen Apulien, oder aus der Basilikata, da singt man so, eine Römerin ist sie nicht, hat ein Arabergesicht, singt heimwehkrank, hängt die Wäsche auf wie Signalfahnen, Notzeichen, weithin sichtbar bis hinunter nach Taranto, Galipoli, Manduria: hier bin ich, holt mich heim, ihr meine Brüder. Das Wüstenlied macht mich traurig, ich bin inmitten meiner Heiterkeit anfällig für grundlose leichtfüßige Traurigkeiten, und plötzlich ist mir meine Arbeit überzogen mit feinem Wüstensand: warum denn arbeiten, alle Poesie und alle Wahrheit liegt im Leben, sie lassen sich nicht in Worte fangen, gehen ein beim Schreiben wie Zitronenfalter im Zimmer, oder werden häßlich, dick, räudig wie zahme Rehe im Haus. In meinem verwilderten Weinberg liegen, zuhören wie in den Wäldern bei Rocca di Papa die Kastanien fallen und wie der Wind durch die Ölbäume streicht, und die verschleierte Stimme des Freundes im Ohr, die hier hängenblieb im Weinlaub, und eine allerletzte Zikade irgendwo, und das Septemberlicht über der römischen Campagna, mit welchen Worten könnte ich dies einholen, festhalten, jemandem mitteilen, warum es dann erst versuchen; das Schönste, das Eigentliche dichtet das Schweigen.

Das Wüstenlied ist endlich verstummt, ich mache einen braven Wiederanlauf zur Arbeit, schließe das Fenster, und das bedeutet, daß ich jetzt Auge und Ohr scharf nach innen richte, auf eine Welt, die sich mir dort neu aufbaut, zögernd, weithin noch gestaltlos, bevölkert mit Gesichtslosen, Namenlosen, die doch schon leben, schon ihren Weg in die Wirklichkeit angetreten haben.

Zwölf Uhr. Der Kanonenschuß vom Gianicolo und die Sirene rufen den Mittag aus. Schon? Ich arbeite weiter. Kurz darauf schellt es. Ich höre durch die geschlossene Tür Marisas Schluchzen. Was ist? Die Mamma ist krank. Schwer? »Weiß nicht, aber ich hab' geträumt letzte Nacht, daß meine Schwägerin, Sie wissen, die Tote, gekommen ist.« Nun, und? »Und? Das ist doch klar: sie kommt, um einen von uns zu holen, sie holt die Mamma.« Nie habe ich einen Menschen solche Tränenbäche vergießen sehen wie Marisa. Ich kenne das schon. Voriges Jahr ist auch die tote Schwägerin gekommen vor Marisas Blinddarmoperation, und nichts Böses hat sich ereignet. Damit tröste ich jetzt, aber das ist vergeblich. »Nein nein, das ist schon so, und voriges Jahr, da hat die Schwägerin eben nicht meinen, sondern Mammas Tod vorausverkündet.« Da ist nichts weiter zu trösten, ich kann nur ein wenig streicheln und eine Tasse Tee anbieten, das ist alles, aber das wird auch wirklich von mir erwartet. Während ich den Tee aufbrühe, erzählt mir Marisa, ihre Mamma sei una santa, un angelo, un'amore, und sie wisse Geheimnisse. Welche denn? Zum Beispiel, wie man bei starkem Regen ohne Schirm nicht naß würde. »Wenn man zu Hause bleibt«, wage ich zu sagen, aber das erzürnt sie. Man muß den Spruch wissen. Welchen? Sie sagt ihn blitzgeschwind, im Dialekt, der Klang ist nicht wiederzugeben, aber ungefähr heißt er so:

sott'aqua pioggia sotta viente
sott'gli alberi nuci di Beneviente.

Ist das alles? Ja, wenn man das sagt, kann man ruhig in den Regen gehen, man bleibt reisstrohtrocken. So, und wieso dann sie, Marisa, einen Schirm nehme bei Regen? Aber das ist doch klar: nur die Mamma kann den Spruch so sagen, daß er wirkt; sie kann Blut zum Stehen bringen und weiß Kräuter und hat prophetische Träume. »Aber eines kann sie nicht«, fügt sie plötzlich ernüchtert, großstadtskeptisch und bitter hinzu: »Unsere ganze Familie aus der Armut herausholen, dafür weiß sie keinen Spruch, dafür gibt's überhaupt keinen Spruch.« Geld verdienen müßte man, Geschäfte machen, nicht zaubern, so meint sie schließlich und schlägt sich dabei auf den Mund, bestraft sich für diesen Verrat an der Mamma, an der heiligen Welt der Magie, die doch bisher eine so schön bergende Höhle war und es rätselhaft bleibt, aller Skepsis zum Trotz. Ich kenne das von daheim, aus Oberbayern, da ist man auch längst modern, hat Television, Traktoren, Mähdrescher und Elektronengehirne, glaubt an Meteorologie und Politik, und schlägt drei Kreuze, wenn einem die schwarze Katze übern Weg läuft, da wirft man eine Prise, rechte Hand über linke Schulter, wenn man Salz verschüttet hat, da leitet man falsche Eide und den Zorn Gottes ab, indem man drei Finger der linken Hand nach abwärts streckt, und ich selbst sehe nicht gern eine Spinne am Morgen und träume nicht gern von schmutzigen Schuhen und Rauch ohne Feuer, und schäme mich meines ererbten Aberglaubens nicht. Ist ja doch alles auch irgendwie wahr; alle Schichten aller Kulturen tragen wir schön aufbewahrt in uns, und haben unter unserem abendländisch-christlichen Haus die Höhle mit dem geheimen Mysterienkult, und darunter noch rauscht im Tiefdunkeln das ganz und gar Unbegreifliche das kaum mehr wir selbst sind, der breite Strom der Urtriebe, Urängste, Ur-Ur-Erinnerung, uns allen ausnahmslos gemeinsam, warum sie verleugnen, ist's doch die Garantie dafür, daß auch das Künftige schon da ist, die Mutation, der neue Aion. Ich liebe es sehr zu denken, zu fühlen, wie man alles, wirklich alles besitzt, das ganze Land zwischen Anfang und Ende und die Ewigkeit noch dazu, die durch alle Poren eindringt ins Gegenwärtige.

Marisa und ich trinken zusammen Tee, teilen ein Brot; wie das doch tröstlich ist, so ein Miteinander; es geschieht gar nichts, Marisa bleibt arm wie zuvor, die Mamma ist alt und muß eines Tages sterben, vielleicht bald, ich muß arbeiten und habe meine Kümmernisse, und doch ist das alles so in Wärme gehüllt schon viel leichter zu tragen. Wie kann Sartre nur sagen: »Die Hölle, das sind die andern!« Ich habe diesen Satz nie verstanden. Es gibt Worte, die man nicht in die Sprache des eigenen Wesens übersetzen kann.

Marisa, gesättigt, getröstet, beginnt, obgleich sie heute ja gar nicht zum Putzen, nur zum Weinen kam, in Küche und Bad aufzuräumen, was ihr dort nicht schön und sauber genug scheint. Es geht ihr alles flink von der Hand, nur werde ich nachher viele Dinge nicht mehr am angestammten Platze finden. Sie ist besessen vom Veränderungsdrang. Etwas an einen anderen Ort stellen, das ist ihre Weise, die Welt zu verbessern, und vielleicht hat sie recht, und es gibt gar keine andre, es kommt nur darauf an, daß alles seinen Platz findet, aber bis es den findet, das dauert oft lang.

Das Telefon. Verlangt wird Signor oder Signora Antonucci. Aber die Antonuccis wohnen schon seit fünf Jahren nicht mehr hier. Die Stimme, eine weibliche, italienische, ist fassungslos. Aber ich muß, muß sie sprechen. Tut mir leid, sie sind in Mailand. Nein, die müssen doch hier in der Stadt sein. Aber ich sage Ihnen, daß sie nicht mehr hier sind, seit fünf Jahren, glauben Sie es doch. Schon will ich den Hörer auflegen, aber die Stimme, diese verzweifelte Stimme hält mich. Ich bitte Sie, wenn sie sich nicht sprechen lassen wollen, dann sagen Sie es offen. – Mein Gott, warum denken Sie das, ich weiß ja gar nicht, wer Sie sind, wie könnte ich sagen, daß Antonuccis Sie nicht sprechen wollen. Pause. Dann von neuem: Aber ich muß sie doch sprechen, verstehen Sie. – Nun, dann rufen Sie doch in Mailand an, die Auskunft sagt Ihnen die Nummer. – Nein nein, in Mailand kann ich nicht anrufen. – Warum nicht? – Ich kann nicht; aber vielleicht sind sie doch zufällig in Rom. – Vielleicht, aber nicht hier, nicht in dieser meiner Wohnung, die einmal die ihre war, vor fünf Jahren. – Aber vielleicht kommen sie doch zufällig, Sie besuchen. – Hören Sie, dieses Gespräch hat gar keinen Sinn, die Antonuccis sind nicht hier, ich weiß nichts anderes, als daß sie in Mailand wohnen, und jetzt, tut mir leid, muß ich arbeiten, das verstehen Sie sicher, ich kann Ihnen beim besten Willen nicht helfen. Ehe ich endgültig auflege, höre ich noch ein Nein, ein fragendes No? Der Hörer liegt auf der Gabel. Ich atme auf. Was für ein irrsinniges Gespräch. Aber dieses Nein, diese kleine arme Stimme, die dieses Nein ins Leere hat fallen lassen, eine Hand die sich irgendwo anklammern will, an einem Bootsrand, am Rand des Rettungsbootes, aber die Insassen schlagen nach dieser Hand, der, dem sie gehört ist überzählig im Boot, brächte es zum Sinken, man hackt diese lästige Hand ab, nun ist Ruhe, nun bedroht nichts mehr die Geretteten.

Aber was denn hätte ich tun sollen? Wie helfen? Jetzt auf einmal, warum erst jetzt, weiß ich es, weiß es ganz genau, ich hätte sagen sollen: Kommen Sie zu mir, Sie können von hier aus die Antonuccis in Mailand anrufen, oder vielleicht kann ich sonst irgend etwas für Sie tun. Jetzt fällt mir das ein; vielleicht hat diese Frau nicht das Geld, um in Mailand anzurufen, oder den Mut nicht, ich hätte es tun sollen für sie. Aber ich kann doch nicht jedem helfen, das zu wollen ist überheblich, ist nicht realistisch. Nein, nicht jedem, das stimmt, aber hier und jetzt, wenn ich gemeint bin, das Nächste zu tun. Ich bleibe am Apparat stehen, warte. Er schweigt. Das stumme Gericht über mich. Früher stand in einem Gebet, das man in der Kirche gemeinsam betete – es hieß ›die offene Schuld‹, »daß ich gesündigt habe in Gedanken, Worten und Werken und in der Unterlassung guter Werke«. Warum betet man das nicht mehr so, das ist doch wichtig, unsere Unterlassungen sind unsere Sünden. Herzensträgheit: die große Schuld.

Und draußen scheint die Sonne, ich will ans Meer, aber da ist nun diese Stimme ›no?‹ und die meine:

›Beim besten Willen nicht helfen.‹ Beim besten Willen. Wo doch der gute genügt hätte. Es ist nicht leicht, sich vor sich selber schämen zu müssen. Wenn ein andrer einen beschämt, da kann man den eigenen Stolz aufrufen und aus der Scham noch eine Tugend machen. Aber wenn man sich selbst beschämt, da gibt's nur Flucht oder das pater peccavi; aber was hilft dies jetzt der armen Stimme? Ich versuche zu fliehen, richte mein Badezeug, sperre die Tür zu hinter dem schweigenden Telefon, eile in die Garage, es ist eine Sammelgarage, aber mein Auto ist meist bereit, man weiß dort, daß ich oft ganz rasch wegfahren muß; die zwei braven Burschen, Brüder, aus den Abruzzen bei L'Aquila, vergessen nichts. Aber der Padrone, was ist heute mit ihm? Er ist blaß, ist über Nacht gealtert, jetzt sehe ich: er trägt ein schwarzes Bändchen im Knopfloch. Ich frage leise: Suo padre? Er nickt, wendet sich ab, während ich ihm die Hand gebe, er hat Mühe, nicht zu weinen. So hat doch alles nichts geholfen, war ja vorauszusehen, aber auch ich hatte mitgehofft, wider alle Vernunft, angesteckt von der wilden Glaubenskraft dieser Familie. Der Vater hatte Krebs, zweifellos, der Arzt gab ihm noch zwei, drei Monate zu leben; das war im März. Eines Tages flüsterte mir der Sohn, Padrone der Garage zu, es gebe in Deutschland ein Mittel gegen den

Krebs, und ob ich es, wenn ich nun hinführe, besorgen würde. Warum flüsterte er? Um vor den Geistern, den Dämonen, dem Tod zu verbergen, daß man vorhabe, zu trotzen? Ich versprach, das Mittel zu besorgen. Drei Tage später hatten sie es sich auf andere Weise schon beschafft, oder vielleicht sagten sie das nur, und sie hatten etwas anderes gefunden, ein Geheimrezept aus den Abruzzen, oder sie versuchten es einfach mit der puren Hoffnung, wer weiß. Als ich vier Wochen später aus Deutschland zurückkam und nach dem padre fragte, hörte ich, er sei sozusagen gesund, gehe umher, esse, sei guter Dinge, es sei wohl doch kein Krebs gewesen, oder wenn, dann habe das Mittel ihn geheilt. Aber das alles in einer sonderbaren Art gesagt, zwischen Eigensinn und Angst, mit unterdrückter wilder Inbrunst, als wolle man mich um jeden Preis überzeugen, daß das wahr sei, wahr sein müsse. »Un miracolo«, sagt der Padrone. Ein Wunder, diese Heilung, ein Wunder, dieses Mittel. Welches? Das aus Deutschland? Die Antwort ist ausweichend. Wirklich ein Wundermittel. Tränen der Freude in den Augen. Aber woher dann dieser geheime Trotz in der Stimme? Ich frage nach dem Namen der Medizin? Welche Medizin, fragt er zurück. Nun, die den Vater geheilt hat. Ein Wundermittel. Mehr erfahre ich nicht. Ich glaube nicht an eine Wundermedizin. Ich glaube nicht an eine Krebsheilung. Aber ich lasse das alles auf sich beruhen. Warten wir ab. In den nächsten Wochen höre ich immer die nämliche Meldung: Es geht ihm gut, es ist ein Wunder. Immer mit der nämlichen eigensinnig geheimtuerischen Stimme gesagt. Ich zweifle nicht mehr, daß die Familie, eine große Familie, ein ganzer Clan, sich darauf versteift, den Alten dem Tod abzutrotzen mit nichts als dem beschwörenden Glauben daran, daß er einfach nicht sterben dürfe, nicht sterben könne, nicht jetzt jedenfalls. Ich beginne wider meine Vernunft mitzuglauben, mitzuhoffen. Aber jetzt ist der Alte doch gestorben. Der Clan war nicht stark genug im Hoffen, Halten, Beschwören. Der Sohn, zu früh aus dem Schutz und dem Schatten des Vaters gerissen, ist über Nacht gealtert. Ich lasse den Wagen an, fahre zum Tor, der Padrone geht nebenher, gesenkten Haupts, geht schon, feierlich gebrochen, neben dem Sarg seines Vaters. Ehe ich abfahre, ruft er zum Fenster herein: »Aber es war doch ein Wunder, daß er so lange noch gelebt hat.« Kläglich triumphierend ruft er es, während ihm die Tränen aus den geschwollenen Augen rinnen.

Es tut gut jetzt, durch den dichten Verkehr zu fahren, ich könnte es leichter haben, wenn ich die festlich breite Cristoforo Colombo nehmen würde,

aber ich will mich durch die enge Via Marco Polo zwängen, die stellenweise einbahnig ist, seit sie dort die Straße verbessern, ich muß scharf aufpassen, man fährt dicht, bremst unerwartet, nutzt die allerkleinste Chance zum Überholen. Endlich bin ich aus dem Gewühl, gewinne freie Fahrt, biege kurz vor ›EUR‹ in die große Cristoforo ein; auch hier viel Verkehr, aber man fährt rasch und geschickt, spielt das Überholspiel mit Bravour, ich spiele mit, der Wagen spielt mit, ist mein Verbündeter, hat begriffen, daß ich weg will vom Telefon, vom toten Vater, vom besten schlechten Willen, von der Begegnung am Flughafen die mir bevorsteht, weg von allem, was unerquicklich und zäh ist und trist. Der starke Fahrwind reißt es hinweg, befreit mich von zu schwerer Fracht, ich bin gerettet.
Und jetzt: das Meer. Septembermeer, ruhig, blau, weit draußen ein Schiff, Ozeandampfer, zieht südwärts, Zugvogelrichtung, still, ganz still auch der Strand, obgleich noch allerlei Volk da liegt im Sand. Auch mein gewohnter Platz, spiaggia libera, frei von Badehüttchen, ist noch belebt, still belebt, es fehlt das Kindergeschrei, die Schule hat wohl schon begonnen, die parkenden Wagen zeigen nicht eben viele einheimische Nummern mehr, dafür englische, deutsche, niederländische; nordisches Volk, das noch badet, wenn kein Römer mehr ins Wasser geht.

Der Sand ist warm, fast heiß, ich presse mich dicht an ihn, möchte mich eingraben ins Warme, Bergende, in die Höhle, schließe die Augen, höre das leise Anschlagen der Brandung, hier, dort und dort, es wandert den Strand entlang, von Nord nach Süd, wellenförmig, rhythmisch, dazwischen immer einmal wieder eine große Stille, kurzes Atemholen, und von neuem die Brandung; die Menschen schweigen, ich zerfalle zu Sand, schlafe ein, tief schlafe ich; plötzlich werde ich geweckt davon, daß mich etwas im Gesicht berührt, weich und feucht, eine Hundeschnauze; ein Hund, häßlicher Hund, könnte man sagen, ein Bastard, an einen Schäferhund erinnernd, aber zu klein, nichts stimmt zueinander, die Beine zu kurz, die Ohren schlapp hängend, der Bauch zu rund, die Schnauze zu breit, der Schwanz nackt wie bei einer großen Ratte, das Fell sandfarbig, wirklich: schön ist er nicht. Jemand pfeift ihn zurück, er folgt augenblicklich, wirft sich vor der Herrin auf den Bauch, schaut flehentlich zu ihr auf, die Schnauze demütig auf den Pfoten, nur die Augen nach oben gedreht. Die Frau, Italienerin, beachtet ihn nicht. Sie hat noch einen anderen Hund, einen Pudel, schön getrimmt, Herrenrasse, er geht ohne Leine bei Fuß, beachtet den Bastard ebenfalls nicht. Sie setzen sich alle drei, ein Hund links, einer rechts, jeder die Schnauze dicht an den

Knien der Frau, die Frau legt ihre Hand dem Pudel aufs kleine, frisierte Köpfchen, den Bastard schaut sie nicht an. Warum hält sie sich ihn, wenn sie ihn nicht mag? Hat ihn jemand ihr auferlegt? Gab sie einmal einer Regung des Mitleids nach, bereut es, wagt aber nicht, die Last abzuschütteln? Oder hält sie den Häßlichen, damit der Schöne um so schöner erscheine? Später wirft sie einen Ball, Pudel und Bastard rasen los, der Bastard erreicht ihn zuerst, aber er rührt ihn nicht an, läßt dem Pudel Beute und Ruhm, nicht nur einmal, viele Male, mit aller Selbstverständlichkeit, wie es scheint.

Während ich schlief, hat sich überhaupt die Szene verändert. Da ist die alte Engländerin wieder, sie kommt wohl jeden Tag, sie watet langsam und staksig ins Wasser, fünf, höchstens zehn Meter weit, nie mehr, und da steht sie dann eine Viertelstunde, keine Minute mehr, keine weniger, steht regungslos, im Kleid, den Rock hochgehoben mit beiden Händen, man sieht die überaus mageren langen grauhäutigen Beine, die ebenso mageren Arme, den langen sehnigen Hals, das spitze graue Gesicht von der Sonne abgewandt, unter dem farblosen Kopftuch ringeln sich dünne eisengraue Löckchen hervor. Sie muß uralt sein, hat etwas Unmenschliches, Unzeitliches, Unleibliches an sich, ist nicht wirklich, eine Figur von Dickens, nein, noch unwirklicher, eine Gestalt aus einem bösen Märchen, ein einzelgängerisches Gespenst, das sich selbst genug ist auf schaurige Weise. Eine Zeitlang glaubte ich, sie sei blind, aber dann sah ich sie die Times lesen, brillenlos, mit der spitzen Nase dicht am Papier, ein Gespenstervogel, Buchstaben pickend. Sie fährt einen kleinen Fiat, seicento, einmal sah ich sie darin sitzen, allein, steil aufrecht, vertrocknet, die Hände wie Krallen auf dem Lenkrad, sie fuhr ungemein langsam, schaute nicht rechts noch links, ich hoffe um ihretwillen, sie wohne außerhalb des römischen Verkehrs.

Das junge Paar schräg hinter mir habe ich vorher nicht beachtet, es schlief, jetzt schläft nur mehr sie, oder tut, als schliefe sie; der Mann, halb aufgerichtet, beugt sich über sie. Er ist groß, braungebrannt, schön anzusehen. Sie ist ihm beinahe geschwisterlich ähnlich, schön auch sie; es gibt diesen fast italienischen Typ oft in München, auch im Rheinland und in der Pfalz, es sind keine Italiener, und sie tragen Eheringe an der rechten Hand: ein Paar auf der Hochzeitsreise. Der glatte nackte Leib der Frau hat noch kein Kind getragen. Der Mann, über sie gebeugt, schaut sie an; wie schaut er sie denn an? Begierdelos, glücklich gestillt im Anschaun des Schönen, das ihm zugefallen ist. Sie spürt den Blick, lächelt, dann schlägt sie die Augen auf, und sie sehen sich an, ernst, feierlich fast, legen in wenigen Augenblicken ihren Weg vom allerersten Sichsehen bis zur Trauung noch einmal zurück, gehen nicht weiter, sind noch jungfräulich, obgleich sie gewiß schon mehr als eine Nacht zusammen verbrachten. Ich wende mich ab, das fremde Auge stört hier, ich schicke ihnen ein Gebet zu, mögen sie es spüren, später, wenn ihre Ehe glanzlos wird, gnadenlos öde.

Schon vorhin, in den Schlaf hinein, habe ich eine Art Musik gehört, Schlagzeug, pang pong, verschieden in der Höhe, eine kleine Terz, hart und kurz, trockene Schläge, Musik ohne Melodie, Ostinato-Untermalung, zwei junge Männer spielen Tamburin-Ball, pausenloses Pang-Pong, das Tikken einer Uhr, Weltenuhr, Zeit läuft ab, aber das Meer weiß es nicht, hört es nicht, hat seinen eigenen Rhythmus, glaubt sich ewig.

Die Spieler sind nähergekommen, machen kaum einen Fehler, bisweilen nur trägt der unvermutete Stoß einer Brise vom Meer den leichten Ball aus der Richtung, sie spielen todernst, streng gesammelt, sind Meister.

Eine Pause, ein Stocken des Atems; ich wende mich um. Zwischen den Spielern hindurch, als gäbe es nur diesen einen Weg, da doch der ganze Strand frei ist, aber gerade zwischen den Spielern hindurch kommt ein Paar: ein Mann, älterer Mann, grauhaarig, führt ein Mädchen, oder vielmehr das Mädchen führt ihn, zerrt ihn vorwärts, sie ist es, die eigensinnig gerade diesen Weg wählt; ein fürchterliches Geschöpf, vielleicht zwölf dreizehn Jahre alt, vielleicht viel älter, es ist nicht zu bestimmen, unmenschlich dick, aufgequollen, im Badeanzug, warum im Badeanzug, muß das sein, warum stellt man diese Häßlichkeit so zur Schau; das Mädchen hat Elephantiasis, zweifellos, auch sonst ein krankes Wesen, nicht recht menschlich, die beiden kommen dicht an mir vorbei, ich fürchte schon, das dicke Geschöpf werde blindlings über mich hinwegtappen, es wäre wohl geschehen, hätte der Mann es nicht zurück und zur Seite gerissen, das Geschöpf gibt einen grunzenden Ton von sich; die beiden, Vater und Tochter, wie es scheint, denn in dem verquollenen breiten Gesicht des Mädchens sind noch schwach die Züge des Vaters zu erkennen, die beiden gehen schnurstracks ins Wasser, die Tochter immer an der Hand des Vaters, wer führt wen, sie waten im seichten Uferwasser langsam hin und her, reden kein Wort, bisweilen bleibt das Mädchen störrisch stehen, will nicht weiter, der Vater wartet geduldig, sucht angestrengt im Gesicht des Kindes zu lesen, was es will, aber da ist nichts zu lesen, es ist ein stumpfes Gesicht, die Augen glotzen, Basedow-Augen, der Mund ist halb offen, ein wenig Speichel rinnt seitlich heraus, der Vater wischt ihn ab, die beiden sprechen nichts, sind vielleicht beide stumm, auch der Vater hat etwas Stumpfes im Gesicht, ihn geht auf der Welt nichts an als dieses Mädchen, das er im Meer spazieren führt, dieses Kind mit dem entsetzlichen hängenden Busen einer alten Frau, und er kümmert sich nicht um die Blicke, um die Meinung der anderen Leute, er tut es als müsse das so sein, als sei es das Allernatürlichste von der Welt, ein solches Wesen unter die Badegäste zu führen, Badegast wie sie auch, Mensch wie sie auch, Teil der Schöpfung mit dem Recht eines jeden Geschaffenen auf Da-Sein, auf gerade So-da-Sein, alles hat seinen Platz inmitten alles andern, warum nicht auch dieses häßliche Geschöpf, dieses halbe Tier.

Das Pang-Pong hat nach einer Entsetzenspause neu begonnen, geht weiter, die Weltenuhr tickt, das Meer weiß nichts von allem. Auch das Liebespaar, inständig still versunken, hat nichts bemerkt. Ich aber, ich bin von mir selber eingeholt, ich habe mich selbst aufgestöbert im warmen Sandloch, habe mich selbst mit den alten Treibern umstellt, denen ich zu entfliehen versuchte. Aber ich will ja gar nicht fliehen, bin ja nirgendwo anders daheim als unter Menschen, Schicksalen, Schmerzen, denn wo anders als da wäre die Mitte der Welt. Nein, nein, dreimal nein: Sartre hat nicht recht, die andern sind nicht die Hölle; die andern, die sind das große Angebot der ewigen Liebe. Ich blicke um mich, sehe die Menschen am Strand, sehe sie neu, nicht schöner als sie sind, nicht besser geraten, und auch das Liebespaar ist von Maden durchsetzt, auch das Pang-Pong-Meisterpaar, auch ich, aber wir alle, wie soll ich sagen, was erfahre ich in diesem Augenblick? Wir alle, wir gehören zur herrlichen Vielfalt der Welt, und auf einmal vermag ich zu ahnen, wie das ist, daß Gott die Welt liebt. Wie ein Dichter liebt er sie. Auch ein Dichter, ein Romanschriftsteller muß ich sagen, liebt seine Gestalten, alle, auch die häßlichen, widerwärtigen, langweiligen, stumpfen, selbst die bösartigen; er sieht ja ihre Häßlichkeit und Bosheit als gelungene Gestalt, gehorsam seinem Gesetz, gut und schön so wie sie sind, weil sie sein müssen, was sie sind. Ich drücke mich vor schmerzhafter Freude tiefer in den warmen Sand, lache beinahe vor Glück, fühle mich tiefer geborgen als je zuvor in der Welt, dieser unserer Welt, die um so mehr die unsere ist, je mehr wir sie als die Gottes erkennen.

Nun bin ich auch bereit, nach Fiumicino zu fahren, zum Flughafen, aber es ist noch ein wenig zu früh, ich habe noch Zeit, die drei aufgesparten hierher mitgetragenen Briefe von der Morgenpost zu lesen. Den da, den möchte ich lieber nicht öffnen, ich weiß schon, was darin steht, ich kann ja nicht helfen, habe es oft versucht, sagte das Beste was ich wußte und bekam doch keine andre Antwort als: Sie verstehen mich nicht. Sie sind ja nicht krank wie ich, nicht halbgelähmt, nicht unbegabt, nicht verlassen, nicht einem bösen Stiefvater ausgeliefert, der einem den Tod wünscht, was reden Sie da von Gelassenheit, von Hoffnung, das sind Worte, nicht einmal besonders schöne, nicht einmal originelle, die alte Leier kennt man bis zum Überdruß, und Gott ist auch nur ein Wort; gesund will ich sein, reisen und lieben und Kinder haben, und weiß doch, daß es das alles nicht gibt für mich, und ich habe doch nur dieses eine einzige Leben, und das ist verpfuscht, ist ein für alle Male vertan, und Sie, Sie wagen mich zu trösten? So schreibt sie, auch diesmal, natürlich, sie beschimpft mich und flüchtet doch immer wieder zu mir, verlangt von mir das Zauberwort, immer aufs neue fordert sie es, als hätte ich es nicht schon dutzendmal gegeben, verschlüsselt und offen, sie versteht nicht; was bleibt mir zu tun; ich kann ihr nicht sagen, was ich weiß, jetzt weiß, endlich, nach einem halben Jahrhundert heftig und schmerzhaft gelebten Lebens: daß es beinahe gleichgültig ist, ob einem etwas wehtut oder wohl, gleichgültig, weil es ein Drittes gibt, das mehr ist, das beides einschließt, in der Waage hält, so daß keins mehr ins Gewicht fällt, keines mehr recht zu spüren ist als das, was es früher zu sein schien, sondern ein Neues, dessen Wesen das Schwebende ist, sacra indifferentia, Altersweisheit, nicht mitteilbar dem, der es noch nicht aus sich selbst weiß, Heiterkeit dessen, der immer aufbricht und im Aufbruch schon ankommt, der, immer unterwegs, auf fremden Schwellen zu Haus ist, an keiner Wegkreuzung mehr zögert, in jeder Richtung heimkommt, weil überall Heimat ist, der Tag und Nacht Fenster und Tür offenläßt, weil niemand ihm rauben kann, was er nicht gerne gäbe, der im Geben alles zurückerhält und vieles dazu, der Leben und Tod nicht mehr unterscheidet. Wie aber soll ich dies alles sagen, einer Kranken, Mißmutigen, Störrischen sagen, ohne daß sie es als pure Leichtfertigkeit ansieht, als leeres Geschwätz, bar jeden Sinnes für die grausame Wirklichkeit einer Krankheit?

So werde ich ihr denn wieder Tröstliches zu schreiben versuchen, und sie wird wieder böse antworten und um neuen Trost bitten, so spielen wir weiter, kapitulieren dutzende Male vielleicht eine vor der andern, und kommen vielleicht doch Schritt für Schrittchen voran, und im Geheimen begibt sich viel, wir brauchen es gar nicht zu wissen. Und eines Tages vielleicht werde ich es können: schweigend trösten, schweigend das Tor auftun, durch das groß der echte Trost eintritt, der nicht von mir kommt, den sie begreift.

Ich stecke den Brief in die Tasche, blicke auf, blicke um mich, trete von einer Wirklichkeit in die andre ein: da ist das Meer, schon nicht mehr leuchtend blau, schon schimmert eine zarte Schicht Fliederfarbe darauf, fliederfarbene sanfte Schwäche; die Sonne gibt zu, was sie über Mittag geleugnet hat: daß September ist, Tagundnachtgleiche vorbei, daß wir uns schon zu weit voneinander wegbegeben haben: Erde und Sonne. Zeit für mich, ins Wasser zu gehen, wenn ich's noch tun will. Ich schwimme gern, am liebsten geschlossenen Auges gerade in der Sonnenbahn, die Wärme auf den Lidern, ganz still, höre meine eigenen Bewegungen nicht, spüre sie nicht einmal mehr, bin ein Fisch, werde vom Element erkannt, getragen, geborgen. Ich bin es von Kindheit an gewöhnt, im Wasser zu sein, furchtlos auch bei hohem Wellengang, bin an einem See aufgewachsen, Chiemsee, er konnte wild sein, das machte mir nichts aus, einmal wäre ich ums Haar ertrunken, aber nur ums Haar, war eben doch beschützt. Vielleicht, wenn man gar keine Angst hat, kann man überhaupt nicht ertrinken, wer weiß, aber wer hat soviel Vertrauen, einmal kommt doch der Augenblick, da man der eignen schönen Sicherheit mißtraut, und schon sinkt man. Wie Petrus; aber der mußte lernen, daß er schwach war, daß er sinken konnte, obgleich der Herr nahe war.

Immer nach dem Baden im Meer verstehe ich, daß es ein Glück gibt, das nur der Körper zu geben vermag: die Haut außen kühl, von innen her sanft andrängende Wärme, der Atem, durch die Salzluft gereinigt, geht leicht, die Lungen sind blank, die Lippen schmecken nach Salz, und es ist nicht Tränensalz, ich lasse das Wasser auf der Haut trocknen, bin ein einziges Wohlgefühl; und da plötzlich fällt mir meine Kranke ein, das hat sie nicht mehr, das kann ich ihr nicht geben, und sie würde sagen: Sehen Sie, wie arm ich bin; Sie sonnen sich, Sie schwimmen, und ich? Es ist wahr, ja, aber es ist auch das andere wahr, und wenn ich, wie oft schon, krank war, ein paarmal sehr schwer, und der Schmerz ließ nach, und die Sonne schien auf meine Hände, und eine Blume stand am Fenster, und ein Vogel flog vorüber, da war ich nicht weniger glücklich als jetzt, und wäre sie vielleicht glücklich mit meinem Glück, würde sie es überhaupt Glück nennen, so zu leben wie ich? Mein Lehrsatz, mir so sicher wie der Pythagoreische: Bei einem jeden von uns ist die Summe der Leiden und Freuden am Ende immer gleich.

Während ich am Meer entlang Ostia zu fahre, fallen goldne Späne aufs Wasser, was für ein später Glanz, ich fahre langsam, zu langsam, und ich weiß auch warum, es ist nicht des Festglanzes wegen, ich bin feige, mag mich, mit mir ins reine gekommen, nicht ins Trübe einer fremden Ehetragödie mischen lassen, bin arg versucht, auf der Via del Mare weiterzufahren, heim, statt nach links abzubiegen, Fiumicino zu, aber ich tu es doch, muß ja, ich gebe Gas, fahre schnell, habe kaum Zeit für den gewohnten zärtlichen Blick auf das neu ausgegrabene Säulentempelchen im Ruinenfeld von Ostia antica, kaum einen für die Schafherde, buttergelb im schrägen Licht, gelb im grünen Herbstgras; Schäfchen zur Rechten, hast was zu fechten, das glaube ich gern, gleich werde ich es erfahren.

Zehn Minuten vor der angegebenen Zeit bin ich am Flughafen. Wer sitzt da in der Halle? Das Flugzeug war schon eine Stunde früher angekommen, sie habe eine falsche Auskunft bekommen, sagt sie, aber ich meine, sie hat falsch gehört, falsch telegrafiert, sie war schon immer zerstreut, gab dann allen andern die Schuld wenn etwas nicht stimmte, wurde böse wenn man sie ihres eigenen Irrtums überführte, ich bin ihr darin ein wenig ähnlich, darum schone ich sie bei solchen Anlässen, lächle nur ein wenig; aber heute erfriert mir das Lächeln, ist sie das denn wirklich, diese alte Frau? Ich starre sie an, höre nur von ferne was sie sagt, ihr Gesicht ist grau, keine Schminke darauf, das Haar ungepflegt, man sieht das am Ansatz nachgewachsene Grau, alles übrige ist dunkel, hängt strähnig, fettig, paßt auf unheimliche Weise nicht zum eleganten Kostüm, und die schweren Goldringe klappern an den zu dünn gewordenen Fingern, sie zeigt es mir schweigend, beinahe gleiten sie über die Gelenke. Sie möchte einen Kaffee nehmen oben im Restaurant, eine Stunde haben wir Zeit, aber wie sie aufstehen will, merke ich, daß sie es nicht kann, ich reiche ihr den Arm, sie nimmt ihn mit ungewohnter Fügsamkeit, sagt sogar danke, beim Gehen schleift sie das linke Bein nach, merkt sie das nicht? Doch, sie weiß es längt: Denken Sie sich, dieses Schleifen hat mir neulich eine glänzende Kritik eingetragen; ich spielte die Christine im O'Neill in der Elektra, und am Schluß von ›Heimkehr‹, Sie wissen, nachdem sie ihren Mann vergiftet hat und, die Dose mit der linken Hand auf dem Rücken haltend, vor Lavinia zurückweicht, da spürte ich auf einmal eine Schwäche im linken Bein, so als sei es eingeschlafen, ich ziehe es im Gehen ein wenig nach, denke daß es niemand merkt, und da schreibt die Kritik, dieses schleifende Gehen das die Ohnmacht vorwegnimmt in die ich gleich sinken werde, das sei einer meiner großartigsten Einfälle, und es war doch gar kein Einfall (sie lacht, es klingt tatsächlich belustigt, mich überläuft es kühl); es ist stärker geworden in den paar Wochen seither, die Ärzte wissen nicht recht, was tun und sind sogar ehrlich genug, mir das zu sagen, und jetzt diese Tournee, ich will nicht absagen, nein, seien Sie still, alle raten ab, aber weshalb sollte ich nicht reisen, noch kann ich es, ich muß mich nur auf der Bühne ein wenig anders arrangieren, muß improvisieren, das schadet nichts, im Gegenteil, das erschließt oft ganz neue Wege. Sie spricht lebhaft wie immer, aber mir scheint, auch die Worte schleifen ein wenig nach, doch ist dies nur ein flüchtiger Eindruck, es sind vielmehr ihre Blicke, die sich als Gewichte auf die beiläufigen Worte legen, daß sie nicht recht vorwärtskommen, nicht die Wahrheit einholen können. Da, sagte sie, sehen Sie, die Hand! Sie hebt sie hoch, ein wenig nur, höher geht es nicht, sie fällt herunter, lustlos, will nicht mehr, gibt es auf, bleibt liegen auf meinem Arm. Diese Hand, wie sie fällt, sagt alles: Flach waagerecht lag sie in der Luft, nun spreizen sich langsam die Finger, ein Vogel, der seine Schwingen ausbreitet, auffliegen will, sich um ein weniges hebt, da trifft ihn der Pfeil, noch einen

Augenblick hält er sich, zittert, dann senken sich die Flügel, tragen nicht mehr, schon beginnt der Sturz abwärts, kein Halten mehr, die Fallbahn ist kurz, er platscht auf die Erde, ist noch nicht ganz tot, bleibt liegen mit ausgebreiteten Schwingen. Die Schauspielerin blickt auf das Hingestürzte, wild erheitert, dann schlägt sie mit der Rechten auf die Linke, dreimal. Vieles bedeuten diese Schläge, vor allem aber dies: es ist zu Ende, es ist ein endgültiges Ende. Schon von je waren es ihre Hände, die sprachen, die hundert Arten hatten sich auszudrücken, das Wort schier überflüssig machten, lange Pausen unheimlich dicht füllten, ganze Szenen vorwegnahmen, umrissen, erklärten, zusammenfaßten, sie aufhängten zwischen Erde und Himmel an jenen Ort im Ganzen, an den sie gehörten und von dem herunter sie fortan leuchteten. Mühsam wird es der Schauspielerin, die Treppe hinaufzusteigen, sie will es nicht wahrhaben, auf ihrer Stirn sammeln sich kleine Schweißperlen, es ist doch gar nicht mehr heiß, kühl streicht der Wind vom Rollfeld her in die Halle. Wir setzen uns an einen Tisch am Fenster, bestellen Kaffee, der meine wird nicht getrunken, mir schnürt sich der Hals zu. Die Zeit ist kurz, die Geschichte der Ehe ist bald erzählt, eine einzige Szene enthält das Ganze. Ihr Mann, jünger als sie und erst seit einem Jahr der ihre, hatte einen Brief zu schreiben begonnen an einen gemeinsamen Freund, an den sie sonst häufig beide schrieben, ihr Mann die erste Hälfte des Briefes sie die zweite oder umgekehrt, der Brief lag auf dem Schreibtisch als ihr Mann ans Telefon gerufen wurde, sie begann inzwischen arglos neugierig zu lesen, und was sie las, das war ihr Todesurteil. »Hätte ich Dir nur geglaubt, sie ist wirklich nicht die Frau für mich. Sie ist besessen von ihrer Arbeit. Sie ist maßlos ehrgeizig. Ihr Erfolg ist ihr mehr wert als ich. Das hätte ich vorher wissen müssen. Ich habe es gewußt, aber nicht geglaubt. Ich kann nicht leben mit ihr. Sie hängt an mir. Ich habe mich innerlich schon gelöst, weiß nur nicht ...« Hier brach der Brief ab. Ich stand auf, sagte die Schauspielerin, tat, als sei nichts, trank Tee mit meinem Mann, ging aus mit ihm, kaufte ihm eine neue Krawatte für den Abend, für meine Premiere, spielte die Christine in O'Neills Elektra, und da schleifte ich den Fuß nach, das war vor wenigen Wochen, und nun fliege ich nach Amerika, er bleibt in Wien oder München, weiß nicht, ahnt nicht einmal ...

Was weiß er nicht?

Daß ich nie mehr zurückkehre zu ihm. Nein, keine Scheidung, die ist nicht nötig, viel einfacher.

Aber, mein Gott, Sie werden doch nicht deshalb ...

O nein, dazu bin ich zu feige und auch zu fromm, nein, es wird ganz von selber kommen, es dauert nicht lang, sagen die Ärzte, und diese Tournee, viel zu anstrengend, wird das Tempo beschleunigen, er wird nichts davon erfahren, ich will ihm sein weiteres Leben nicht mit mir belasten, leicht soll er sein, eine andere Frau finden, später wird er dann ein verklärtes Bild von mir haben, das ist alles was ich jetzt noch für ihn tun kann.
Ihre Stimme ist ganz klein, ganz rauh geworden, keine Spur vom Komödiantenpathos, das ich so gut an ihr kenne, eine armselige nackte frierende Stimme. Die rechte Hand öffnet sich nach oben, ist die Hand eines Bettlers und schämt sich nicht. Aber welche Gabe erwartet sie denn? Soll ich meine Hand in diese ihre geöffnete legen? Aber was würde das schon bedeuten.
Sie braucht keinen Trost, sie braucht einen Rat, jetzt kommt es heraus. Nachdem der höllische Lärm der Lautsprecher, welche nacheinander den Start dreier Flugzeuge ankündigten, verstummt ist, wird mir eine Frage vorgelegt, klipp und klar: Meinen Sie, daß es richtig ist, wie ich es mache? Wenn ich es ihm so leicht mache? Er wird nichts begreifen, auf diese Weise nichts lernen, wird sich nur erlöst fühlen, wird ehestens eine andre Frau nehmen und immer ein Knabe bleiben, ein mittel-

mäßiger Schauspieler, und das Geld, das ich hinterlasse, wird ihn dazu verführen, noch weniger sich anzustrengen, bald wird er abwärtsgleiten auf dem unsicheren Bühnenboden, das geht rasch; müßte ich ihm nicht Gelegenheit geben zu lernen? Ich kehre zurück, bald, schone mich, sage ihm nicht, daß er in spätestens zehn, zwölf Monaten befreit sein wird von mir, lasse ihn glauben, daß er jahrzehntelang so mit mir leben muß, ein Verbannter mit Kette und Kugel am Bein an mein Bein gefesselt, und er müßte bei mir sein Tag und Nacht und mich pflegen und Treue lernen und beharrlichen Dienst, und er würde dran wachsen, ein Mann werden, Größe gewinnen; soll ich das tun? Sie schaut mich nicht an bei dieser Frage, sieht also nicht die Ratlosigkeit in meinem Gesicht und wie ich schließlich langsam den Kopf schüttle. Sie blickt über das gelbe Rollfeld hin, das grenzenlos scheint, von hier aus betrachtet, grenzenlos; die Maschinen hocken da wie abgestürzt, nichts rührt sich, die zuletzt abgeflogene Caravelle entfernt sich meerwärts, nimmt die letzte Hoffnung mit, läßt sie fallen weit draußen. Ich sage nichts. Ich schaue ihr Gesicht an, dieses Pferdegesicht, es ist voll brüchiger Energie, sie glaubt halb an ihren Tod, spielt diesen Glauben und glaubt dann ganz, sie ist immer zugleich auf der Bühne und im Zuschauerraum, zugleich im Theater und auf der Straße. Aber was sie nun sagt, ist völlig nüchtern. Nein, sagt sie, sich selbst antwortend auf die Frage von vorhin, nein, er wird es nicht können, er wird bei mir bleiben, gewiß, auch mich pflegen sogar, aber zu seiner Belohnung wird er im Vorzimmer mit dem Dienstmädchen schlafen oder mit einer Schauspielschülerin, und ich werde das wissen; wenn er zu mir kommt, riecht er nach ihrem Parfum, er wird fragen: wie geht's, Liebste, hoffentlich gut, ich werde sagen: danke, mein Liebster, gut, und er wird in meinem Gesicht forschen, ob die Nase noch nicht spitz wird und steif, hassen wird er mich, weil ich mir Zeit lasse mit dem Sterben, überlegen wird er, ob er meinen Tod nicht beschleunigen kann, ein bißchen Arsen ins Essen, eine Spur, und er selbst wird mir den Löffel zum Mund führen, weil meine Hände gelähmt sein werden, und ich werde Bissen um Bissen seinen Todeswunsch, Mordwunsch essen, Tag für Tag, bis es aus ist, und werde schuldig geworden sein an ihm, weil ich nicht von selbst starb und ganz rasch, so daß er mich nicht hätte vergiften müssen, und beim Gericht wird man mich fragen, warum ich ihm dies nicht erspart habe; Sie sehen selbst, ich muß rasch sterben, vorher sterben; aber vielleicht sollte man es ihm sagen, nachher, daß dieses Sterben für ihn war und daß ich

alles wußte und wie lange er schon mit Augen und Worten mit andern schlief, wenn er neben mir saß, vielleicht, wenn man ihm dies sagte, wäre es ein heilsamer Schrecken für ihn; aber ich weiß doch eigentlich schon, daß es nichts hilft, er wird ja doch nie groß, er bleibt das schwache schöne Kind, also lassen wir ihn, er käme sich nur interessant vor, wenn er sich sagen könnte: sie ist meinetwegen gestorben, an gebrochenem Herzen ist sie gestorben; nein, ich lasse ihn einfach zurück, am Weg lasse ich ihn, ohne Nachricht, und er wird ohne mich bald absacken ins Garnichts, und nichts wissen wird er von allem, Sie werden es ihm nicht sagen, niemals, schwören Sie es.
Ich höre, was sie sagt, aber durch das Gesagte hindurch höre ich etwas anderes, entziffere mühelos das Palimpsest, und da steht nichts als: ich liebe ihn; tausendmal steht es da, auf verblaßtem Goldgrund, stellenweis beinahe ausgelöscht, aber doch noch sichtbar, und dazwischen seine und ihre Initialen ineinandergeschlungen, verklammert wie Rebstockranken, für eine Ewigkeit war das gedacht. Sie wartet den feierlich von mir verlangten Schwur nicht ab, sie fährt fort: Also Sie meinen auch, daß ich drüben bleiben, drüben sterben soll, wie?
Jetzt erst wage ich einen Rat zu geben, einen Nicht-Rat vielmehr, nämlich: gar nichts tun, alles gesche-

hen lassen. Es wird schon alles recht werden, sage ich, und während ich es sage, höre ich meine Großmutter sprechen mit ihrer milden Stimme: Geh, sorg dich nicht, es wird schon alles recht, wie's eben werden soll. Dabei strich sie einem über den Kopf, und ab und zu blieb ein Haar hängen zwischen den Schrunden ihrer Hände, das tat dann ein bißchen weh, ihr und dem, den sie streichelte, aber das gehörte zum Trost, verbürgte Heilung. Und ich höre auch noch den Spruch aus R.'s Familie, ein wenig rauh, aber gut: »Mußt nicht schreien, Miezi, 's ist nur, bis man's gewöhnt ist, sagte der Bäcker zur Katze, als er mit ihr den heißen Backofen auswischte.« Mich lächert, da ich daran denke, und ich sage ihr den Spruch, ich kann ihn ihr zumuten, sie hat Humor, und wirklich: sie lacht, leise zuerst, dann lauter, ingrimmig, hart, und im ingrimmigen Lachen löst sich etwas in ihr, das Lachen befreit sich selbst und fließt nun in hellen kleinen Wellen aus ihr. Ein wenig ist's auch ein Bühnenlachen, für Zuhörer gedacht, aber eben das macht es echt; nur beides zusammen, untrennbar das Spontane und das auf Wirkung Berechnete, das ist sie ganz, denn sie ist was sie ist: die große Schauspielerin, der das Artifizielle zur Natur geworden ist, ohne die Natur zu schmälern. Mir ist das ein wenig unheimlich, und doch kann ich sie verstehen, denn lebe nicht

auch ich intensiver, wenn ich das Erlebte ins Wort fassen kann, und ist mir nicht die Wirklichkeit ganz wirklich nur im Wort, und wird es mir bisweilen nicht leichter ums Herz, wenn ich, während ich weine, das Wort Träne erkenne, als wäre es eben beim Weinen frisch aus meinem Auge gefallen, perlenrund, goldbraun wie Topas?
Die Leute an den Nachbartischen lachen mit, wissen nicht warum, sind einfach angesteckt, und die Schauspielerin genießt den Erfolg. Aber noch während des Lachens der andern läßt sie das ihre unversehens fallen wie ein Kostüm und hockt wieder nackt in der Grube voll Schmerz. Wenn ich noch einmal beginnen könnte, sagt sie. Was nochmal beginnen? Das Leben, die Arbeit am Theater. Und was dann, was würden Sie da tun? Sie antwortet nicht auf meine Frage, sie starrt vor sich hin, bewegt ihre Finger, ihre Hand, noch sind sie willig zu gehorchen, können nur nicht mehr alles, was sie sonst konnten, sie schüttelt bekümmert den Kopf wie über Hunde, die den Dressurakt vergaßen. Kannten Sie eigentlich, nein, den können Sie nicht kennen, Sie waren ja nicht in Berlin, nie längere Zeit; da hatte ich einen Freund, der war Bühnenarbeiter, zuletzt, aber vorher, früher, war er Schauspieler gewesen, Charakterdarsteller, oftmals mein Partner, ich war noch ganz jung, er schon berühmt,

und eines Tages erklärt dieser Mensch, nicht mehr spielen zu wollen; aber warum nur, jetzt, mit der großen Karriere vor sich, er hatte ein Angebot an die Burg in Wien und eines nach Zürich, konnte wählen, aber nein, er wollte nicht mehr; ja aber was dann tun, weggehen vom Theater, nein, natürlich nicht, wo anders kann denn ein Theatermensch leben als am Theater; Souffleur wollte er werden, unsere Souffleuse war überalt, die Stelle wollte er haben; wir hielten ihn für verrückt, der Indendant schickte ihn zum Psychiater, er ging wirklich hin, aber er war nicht verrückt, ganz und gar nicht, und so bekam er schließlich diese Stelle, da saß er nun Tag für Tag bei den Proben und Abend für Abend in seinem staubigen Kasten und sprach uns den Text zu, und dann, nach und nach, meinte ich zu verstehen, worauf das hinauslief: der da soufflierte, der führte Regie, der sprach uns nicht einfach den Text zu, der sprach ihn uns vor, so wie er ihn gesprochen haben wollte, er gab das Tempo an, die Lautstärke; wie er das machte, da er doch nur flüstern, höchstens halblaut reden konnte, das war seine Kunst eben, mit der er uns lenkte nach seinem Geschmack, aber sein Geschmack war gesetzlich, man konnte sich ihm überlassen, das war eine sichere Führung, aber es war auch Zauberei, denn ein jeder von uns hatte doch seine Rolle gelernt wie der Regisseur es wollte, aber jeder spielte jetzt wie der Souffleur es wollte, und das war oft nicht das gleiche, wir merkten es und merkten es auch nicht, wir waren seine Marionetten, wir liefen an Drähten, und wir spielten wunderbar, nie war das Theater so gut wie damals, nie vorher hatte es ein solches Zusammenspiel gegeben, kein Wunder, da ja alle Drähte von einer einzigen Hand bewegt wurden. Das ging eine ganze Spielzeit hindurch, auf einmal war unser Souffleur verschwunden, keiner wußte wohin; und wo, glauben Sie, fand ich ihn wieder: ein Jahr später gastierte ich in Leipzig oder war's Dresden, ich weiß nicht mehr, und da sah ich ihn, er war Inspizient geworden, sah ihn viele Male, aber er wich mir aus, er kannte das Haus wie das Kaninchen seinen Bau und so fand er immer wieder einen Ausgang, wenn er merkte, daß ich ihn stellen wollte, so ließ ich ihn denn in Frieden und dachte, was alle dachten: er ist verrückt oder aber er macht auf solche Art Propaganda für sich und er führt irgend etwas im Schild, verfolgt unheimlich zielstrebig irgend etwas, und so war es auch, aber davon erzähle ich nachher, kurzum: ich konnte nicht mit ihm sprechen, weil er es nicht wollte; aber ein halbes Jahr später war er wieder in Berlin, an einem andern Theater, am Nollendorfplatz, und da war er Bühnenarbeiter, ich sah ihn zufällig im

Garderobengang, er lief um eine Ecke und buchstäblich in meine Arme, da konnte er nicht mehr anders, als sich mir stellen; also, sagte ich, hör zu, ich hab' zwar immer noch Respekt vor dir als meinem großen Kollegen, aber jetzt sage ich dir auf den Kopf zu, daß ich nicht mehr an deine Verrücktheit glaube, sondern denke, daß du irgend etwas ganz Raffiniertes im Sinn hast; sag mir, was es ist, sag mir's auf der Stelle; nein, sagt er ganz einfach, ich habe nichts Raffiniertes im Sinn, ich möchte nur weg vom Theater und versuche mich zu entwöhnen, drum arbeite ich mich von oben nach unten durch, wenn ich ganz unten bin, kann ich vielleicht davonschlüpfen; aber zum Teufel, sag ich, das soll jemand verstehen; ist doch ganz simpel, sagt er, ich mache mich langsam davon; vom Theater, oder von wo davon frage ich; ahnungsvoller Engel, sagt er, sonst nichts und läßt mich stehen; ich hab immer darauf gewartet, zu hören, er sei in eine Irrenanstalt eingeliefert worden oder er habe sich umgebracht, oder er sei ins Kloster gegangen.
Sie bricht plötzlich ab. – Und? frage ich, wie ging es weiter? Sie schaut wieder bekümmert auf ihre Hände, bewegt sie ein wenig. Und? frage ich noch einmal, was ist denn aus ihm geworden? – Ich weiß nicht, antwortet sie trotzig. – Aber, sage ich, haben Sie nicht erzählt, daß er Bühnenarbeiter blieb? – So?

Habe ich das gesagt? – Ja, ich meine; stimmt es denn nicht? – Ich weiß nicht, sagt sie leise, vielleicht stimmt es, aber Sie können sich das selber ausdenken; vielleicht ist er eine Ratte unter der Bühne geworden oder eine Motte in den Kostümen; die Geschichte ist ja nicht wahr. – Nein? Wahr und auch nicht, sagt sie; es ist die meine; von oben nach unten, nach ganz unten, das ist mein Weg. – Aber, erwidere ich, eigentlich ist es doch gar kein Abstieg vom Schauspieler zum Souffleur, wenn der Souffleur Regie macht? – Ach, sagt sie, das ist doch nur ein Wunschtraum, das gilt nichts, ich stürze viel schneller ab, direkt durch den Bühnenboden hindurch, ich habe nicht einmal Zeit, mich ordentlich versenken zu lassen, ich breche an irgendeiner Stelle durch, und dann bin ich endlich da, wo ich von Anfang an hätte sein sollen; nie hätte ich mitspielen, nie im Licht stehen sollen; tief unten, im Bauch des Theaters, im Dunkeln, sollte ich wohnen, und da werde ich jetzt endlich wirklich wohnen, eine uralte blindgewordene Maus, ganz klein zusammengerollt im Nest; auf der Bühne über meinem Kopf rennen die Schauspieler herum, da werden Könige erstochen und alte Weiber vergiftet und junge Mädchen verführt, und Liebespaare sterben, und die Jeanne d'Arc wird verbrannt, ich höre sie schreien, ich bin's nicht, die schreit und ich schreie nicht mit, und wenn sie dahocken und warten auf den, den sie Godot nennen, dann ringle ich mich noch enger zusammen und denke: was ereifert und bekümmert ihr euch, Godot ist schon gekommen, macht es wie ich, und ihr werdet es wissen; und wenn man oben die Toten in die Kulissen schleift, dann ängstigt mich das nicht, weil ich weiß, daß sie am Schluß doch lebend auf der Bühne stehen, wenn der Vorhang hochgeht, und nur ein Kind wundert sich, wie das zugeht, daß Tote nicht tot sind; für mich ist das klar, ich hocke am sichersten zwischen den Wirklichkeiten, dort wo es nach Niemandsland aussieht.

Jetzt aber ist es Zeit zu gehen, eine Viertelstunde vor dem Start des Flugzeugs. Es fällt ihr schwer aufzustehen, ich muß ihr von rückwärts unter die Arme greifen und sie hochziehen, aber es geht über meine Kraft; ein Herr am Nebentisch springt auf, tut ihr den Dienst, sie läßt es sich stöhnend gefallen, bedankt sich mit ihrem schönsten Lächeln, der Herr steht ganz verklärt da. Dann sagt sie, und nicht einmal leise: »Gott vergelte es Ihnen«, sagt sie, und der Herr wird rot vor Verlegenheit, was soll er darauf erwidern, solche Worte ist er nicht gewohnt; so verbeugt er sich stumm. Die Leute ringsum beobachten die Szene mit respektvoller Aufmerksamkeit, die Schauspielerin genießt ihren Erfolg.

Sie ist noch nicht fünfzig, aber jetzt schreitet sie als greise Tragödin im Fünften Akt über die Bühne; nicht Mitleid, sondern Bewunderung folgt ihr, und sie weiß das. Ich bin sonst immer verlegen, wenn jemand posiert, aber bei ihr nicht, bei ihr weiß ich, daß sie nur sie selbst ist wenn sie spielt, und sie spielt immer sich selbst, und daß sie sich selbst spielt, das ist es, was eben sie-selbst ausmacht. Wie doch ein jeder ein unzerlegbar Ganzes darstellt; wie etwas als Mangel nur jenem erscheint, der sich von etwas, von jemand ein Bild gemacht hat, statt die Wirklichkeit zu nehmen wie sie ist, und zu erkennen, daß das, was dem Beschauer als Mangel erscheint, im eigentümlich Ganzen des Angeschauten doch gar keiner ist, sondern eben das, was mithilft, dieses zum Ganzen zu machen, zu etwas, das es nur in einem allereinzigen Exemplar gibt. Der Torso, das Fragment, die Pause in der Musik, sie sind kein Mangel, das weiß man; ich gehe weiter, ich sage: die Fehlform, vielmehr das, was uns als Fehlform erscheint, ist kein Nein, das ein Ja sein müßte, sondern ist selber ein Ja für sich. Die Krankheit der Frau, die da mühsam an meinem Arm die Treppe hinuntersteigt, freilich, diese Krankheit ist ein Mangel an Gesundheit, aber sie wird sich im Ganzen dieses Lebens als unentbehrlicher Teil des Ganzen erweisen, als etwas, das dieses Ganze verändert in einer Richtung, in der es nur durch die Krankheit, nur durch dieses und kein andres Ereignis vorangebracht werden kann, bis es sich schließlich mit dem uranfänglichen, dem von Ewigkeit her bestehenden Entwurf deckt. Und vielleicht erweisen sich einst die Fehlformen als die allerbesten, wertvollsten, wie bei den Briefmarken, wer weiß. Ich sage kein Wort von dem, was mir so durch den Kopf geht; ich maße mir nicht an, hier philosophisch zu trösten, und doch weiß ich, daß es so ist wie ich denke, und ich weiß auch, daß ich nur weil ich so denke alle Widrigkeiten meines Lebens habe bestehen können. Das Ganze, immer das Ganze muß man sehen; und nicht groß genug kann man sich dieses Ganze, das eine einzige Ganze, denken.

Nicht so schnell, sagt die Schauspielerin; sie lehnt sich zentnerschwer auf meinen Arm, so schwer ist sie gar nicht, wie sie sich mir nun auferlegt. Hören Sie, sagt sie, aber sie spricht nicht weiter, sie bleibt stehen, schaut über die Parkplätze hinweg, am bronzenen Denkmal des Leonardo da Vinci vorbei weit hinaus in die Ferne, wo nur mehr Himmel ist über dem Meer. Was soll ich hören, frage ich. Sie schaut noch immer in die Weite. Wenn ich also da drüben sterbe, dann gehen Sie zu meinem Mann, hören Sie zu? Natürlich. Also: Sie gehen zu meinem Mann und sagen ihm, daß ich ganz in Frieden fortgegangen sei. Ja, das werde ich tun. So? sagt sie, das werden Sie tun? Aber dann lügen Sie, ich gehe nämlich nicht in Frieden, ich bin eifersüchtig, schwach, rachsüchtig, böse, verzweifelt, leben möchte ich, spielen, leben, spielen! Ich schweige zu diesem Ausbruch, ich wage nicht einmal eine tröstliche Berührung. Kurz vor der Sperre schaut sie mich an. Aber vielleicht, sagt sie, vielleicht ist im Hauptquartier doch schon der Friedensvertrag unterzeichnet, und die Nachricht ist nur noch nicht an alle Frontabschnitte gelangt. Sie lächelt; ein ganz zarter Regenbogen über dem heimgesuchten Land, dem Katastrophengebiet. Mit diesem Lächeln löst sie sich von meinem Arm und übergibt sich dem der wartenden Stewardeß. Sie schaut nicht mehr um, winkt nicht, ist hinter der Sperre der Paßkontrolle verschwunden. Ich steige langsam die Treppe hinauf, stelle mich ans Geländer des Zuschauerbalkons, warte auf den Start der großen Oversea-Maschine, bin traurig, aber nicht sehr, denn ich bin eingeübt in Kummer. So ist das Leben, denke ich; was für ein banaler Satz, aber eine Philosophie. Da fährt der Omnibus, der die Schauspielerin zum Flugzeug bringt; jetzt steigt sie aus, wird die eiserne Treppe hinaufgeführt, verschwindet im Bauch der Maschine, hat sich nicht ein einziges Mal umgeschaut. Der Wind kommt in leichten Brisen vom

Meer über das Rollfeld, läßt Röcke und Tücher wehen, wirbelt da und dort eine kleine Staubhose hoch, ein fröhlicher Wind; und auf einmal überkommt mich wieder jenes Gefühl allertiefster, fast heiterer Zufriedenheit, das mich ganz unpassenderweise so oft bei Trennung, Verlust, Verzicht befällt. So freute ich mich als Kind, da mich mein Vater das Schachspiel lehrte, wenn ich Figuren verlor, die schwerfälligen Türme vor allem, sodann die auch nicht recht wendigen Läufer, oft schob ich sie dem Feind mit Absicht in den Weg und lächelte insgeheim, wenn der Vater mich für dumm hielt. So freute ich mich auch, wenn wir wieder einmal umzogen, weil mir der Verlust des liebgewordenen Alten auf schmerzhafte Weise wohltat. Ich freute mich, als das Bombenfeuer einen Teil unseres Besitzes auffraß. Ich freute mich auch, als mir, ich war ein Kind, die geliebte Großmutter wegstarb; tränenlos trauernd stand ich am Grab, machte ein zufriedenes Kleinmädchengesicht und konnte den bestürzten und erzürnten Eltern nicht erklären, warum ich nicht weinte, verstand ich's doch selber nicht; viel später lernte ich mich selbst begreifen in meiner Sehnsucht nach Abwurf des Ballasts, nach Reduzieren auf die einfachste Formel, nach Befreiung. Das Paradoxon: nur das Aufgegebene, Dahingeschenkte ist mein wahrer Besitz.

Man zieht die Eisentreppchen weg von der Maschine, die Arbeiter bringen sich im Laufschritt in Sicherheit, das Flugzeug setzt an zum Start, schon rollt es fort, steigt jäh entschlossen steil auf, bohrt sich in den Himmel, der sehr blau ist, findet die richtige Höhe, schießt waagrecht dahin, hat es eilig, acht Stunden später muß es in New York eintreffen, eine kranke Frau absetzen, die vielleicht nie mehr wiederkehren wird von dort.

Jetzt könnte ich nach Hause fahren, was hält mich noch, aber ich setze mich in die zugige Halle unter die Wartenden, als sei jetzt hier rechtens mein Platz, als sei ich hier der Davongegangenen näher, als sei ihr dies ein Trost, wenn auch ich im Niemandsland hauste. Flugplätze, Schiffshäfen, Bahnhofshallen, Zollstationen, leere Taxistände, Autobushaltestellen, ausgeräumte Wohnungen, lange Korridore in Bürohäusern: Stätten des Durchgangs, des Niemandgehörens, der vagen Erwartung, der geheimen Angst, daß Erhofftes nicht kommt, daß das Vorläufige sich als dauernd erweist, daß Heimkehr unmöglich ist, daß man sich selbst als den ewigen Passanten erkennt; wer will dann auf solche Art heimatlos sein, wer hat den Mut, sich sein Nest auf einem Bahnsteig zu bauen, irgendeinem, jeder ist gut genug, jeder schenkt so viel Bergung wie gerade notwendig ist. Aber wir wollen immer mehr als das gerade Notwendige, wir wollen ein festes Haus der Gewißheit, bestehen hartköpfig auf Feuer- und Diebstahlversicherung, so sind wir und lernen fast nichts dazu.

In meiner Tasche sind noch ein paar Briefe von der Morgenpost. Hier ist der richtige Ort, sie zu lesen.

Der Brief einer Frau, die vom Mann betrogen wird seit Jahren, es ist immer das gleiche kummervoll tapfere Wort: ich will warten. Ein paar trockene Worte, aber sie bedeuten graue Trübsal, Tag für Tag, und daß nur die Kinder nichts merken, der Vater hat abends immer Konferenzen, muß zum Zahnarzt, in einen Vortrag, muß dienstlich verreisen. Lügen, die eine Wahrheit beschützen und eine Hoffnung. Dem Brief liegt ein Foto bei, die Frau, der Mann, vier Kinder. Der Mann: selbstbewußt, groß, gut aussehend, die Frau: unansehnliche, schüchterne Person; wie sie aufblickt zu ihm, ein Hündchen, das einen guten Bissen erhofft aber auch Schläge gewohnt ist; wie soll er dieses graue magere Hündchen lieben, das in falscher Demut sich ihm anheimgab für immer. Sie hätten sich nicht heiraten sollen. Aber dieses ›hätten sollen‹, ›hätten nicht sollen‹, gibt es das denn? Taten sie nicht, was sie tun mußten? Hätten sie anders gehandelt: wären sie da nicht andre gewesen? Ist es nicht so: einer steht an einer Wegkreuzung, einer Gabelung, wohin soll er gehen, rechts oder links, er wählt links; aber warum, warum? Vor tausend Jahren tat irgendeiner irgend etwas, und was er tat und wie er es tat, das war der Anfang einer neuen Reihe von Ursachen und Wirkungen, und das vorläufig letzte Glied dieser Reihe fügt sich jetzt, an dieser Weggabelung, zum tausendjahralt Vorgetanen, und die Wahl fällt auf links. Hätte sie ebensogut auf rechts fallen können?

Wenn ich mir mein eigenes Leben anschaue: was für ein dichtes buntes Gewebe; aber das Weberschiffchen meiner Entscheidungen konnte doch nur durch die längst vorgespannten Kettfäden sausen. Das Muster in Farbe und Zeichnung war vorgegeben, mir blieb, es gehorsam auszuführen oder aber die Fäden zu verwirren, zu zerreißen, zu beschmutzen. Daß ich im großen ganzen gehorchte, war das mein freier Entschluß, war es Vorbestimmung, Gnade? Man sagt mir, daß, wäre ich nicht frei gewesen, meine Reue über das Versagen sinnlos wäre. Aber ich bereue ja mein Versagen gar nicht sehr, wie ich auch über meine Siege nicht Freudensprünge mache, beides ist selbstverständlich, da ich doch Mensch bin. Eigentlich ist es mir gleichgültig, ob ich mich für frei oder nicht frei halten soll; fühle ich doch, daß ich beides bin in geheimnisvoller

Verzahnung, und ich weiß damit sicher die wirkliche Wahrheit, und solang ich's bei diesem unzerdachten Wissen belasse, ist alles klar. Froh bin ich, daß ich nicht Theolog und nicht einmal Philosoph vom Fach bin und daß nichts in der Welt mich zwingen kann, das Verhältnis von menschlicher Freiheit und Bestimmung zu definieren, und wenn ich andre streiten höre um jenes von Freiheit und Gnade, dann liegt mir's auf der Zunge, laut zu sagen: Seid ihr aber dumm; wißt ihr denn nicht, daß Freiheit Gnade ist, daß ihr Gnade braucht, um Freiheit als Freiheit zu erkennen, daß Gnade frei macht, daß man Gnade nur in Freiheit annehmen kann, und daß ihr beides verliert, wenn ihr es getrennt zu denken wagt. Und was für ein langweiliger Gott wäre das, der ein Wesen, Mensch genannt, hätte schaffen mögen, das er gängeln könnte wie einen blinden lahmenden Karrengaul, dem er das Maul in den Futtersack stoßen müßte, weil er von sich aus nicht fräße. Als ob der Herr, allmächtig wie er ist, nicht auch mächtig genug wäre, sich vorzubehalten, überrascht werden zu wollen von unseren Rösselsprüngen und unserm plötzlichen Durchgehen oder unsrer ganz unvermuteten Lammfrommheit. Ich für mein Teil, frei oder nicht, habe meine Unfreiheit zu meiner Freiheit, meine Freiheit zur Unfreiheit gemacht; großmütig und leichtsinnig überlasse ich mich einer Führung, die ihrersits großmütig und leichtsinnig genug ist, mich an sehr langer Leine zu halten, so daß der Platz, den ich im Umkreis meines unsichtbaren Pflocks abgrasen kann, beträchtlich ist, und wenn ich ein oder das andere Mal ausbrechen möchte und plötzlich, ganz weit draußen, spüre, wie der Strick sich strafft und mich ins Bein schneidet, dann bleibt mir die schönste aller Freiheiten: stolz liebend zu gehorchen.

Was für ein Flughafen-Durcheinander von Einfällen, ein improvviso, Greuel dem Philosophen und nur zur Not geduldet vom Theologen. Mir ist's inständige Erfahrung, und wie gern teilte ich sie allen mit, so daß es ihnen hülfe zu leben. Einmal, ich war noch jung und war verzweifelt, da saß ich vor einer alten uralten Frau und klagte, klagte an, gebärdete mich, als sei alles Leid der Welt einzig auf meinen kleinen Kopf gefallen. Die alte Frau, mächtig groß und dick und fast blind, saß in ihrem Lehnstuhl, in aller Leibesfülle aufrecht wie auf einem Thron, und hörte zu oder auch nicht, ihr Gesicht verriet es nicht, es war eine große unbewegliche Fläche, ein lehmgelb winterliches Feld; die Luft, von meinem Klagen aufgerührt, teilte sich vor diesem Gesicht in zwei Ströme, einer glitt links daran vorbei, der andere rechts, dazwischen war das blinde Unerschütterliche, an das ich hinredete, hinklagte, von dem ich Rat erwartete, ein großartiges Sibyllenwort, unfehlbare Hilfe, und das nicht willens schien, derlei zu geben, bis ich schließlich, hilflos zornig rief: Aber Sie hören ja gar nicht zu, Ihnen ist es gleichgültig, Kinderreien sind das für Sie, was für mich Leben oder Tod bedeutet. Da hob sie ihre große Hand und schaute mich an mit ihren blicklosen Augen und sagte mit strengem Gleichmut: Doch, ich höre zu, und ich habe auch einen Rat für dich: Nimm dich nicht wichtig! Da ging ich enttäuscht fort, denn damals gab es nichts Wichtigeres für mich als mich selbst, für mich allein, und das, was ich aus mir machen zu sollen glaubte. Und jetzt, wenn ich der betrogenen Ehefrau oder dem alten Freund mit seinem böhmischen Mädchen oder jener armen Stimme am Telefon sage, was ich heute weiß: »Nimm dich nicht wichtig«, so werden sie mich nicht verstehen, genau wie ich damals nicht verstand. Immer wieder bietet man dem andern den Becher erfahrenen klaren Wissens, aber der andre weist ihn zurück, schüttet ihn aus, will selbst aus der Quelle schöpfen, will selber sich in die Brennesseln knien und den Biß der in der Brunnenkresse verborgenen Schlange erleiden. Nicht einmal die eigenen Kinder, gerade sie nicht, nehmen den gefahrlosen Trank aus den Händen der

Eltern, sie ärgern sich über die dumme gute Absicht, und bestenfalls lächeln sie über uns, so wie wir verärgert gelächelt haben eine Generation früher, und das alles ist recht so, was wären das für Kinder, die sich Angst machen ließen vor dem Leben. Aber das Abgewiesenwerden, es tut doch weh, und die ewig ausgestreckte Hand mit dem Becher wird müde und alt ... Wie anfällig ich bin für Traurigkeit; ein einziger melancholischer Einfall, gar nicht so tödlich ernst gedacht, Spur einer allgemeinen Bitterkeit, und schon trübt sich mein Himmel, ein geheimer Erdbebenherd sendet Wellen, das leichte Haus meiner Zuversicht wankt, und aus dem kaum mit Gras bedeckten Hügel steigt der unsterbliche Zweifel, Urzweifel, der nichts Bestimmtes meint, vielmehr alles, die Wurzel von allem; und da ich diese Trauer ins Große, Ganze, Allgemeine, ins sozusagen Leere hinein als Versuchung erkenne, rette ich mich ins Bekannte, Nahe, in den faßlichen Kummer: gewohnheitsmäßig beginne ich zu fürchten, daß einem der Kinder etwas passiert sei, daß meine Schwermut nur das Echo jener des Freundes sei, oder was es an derlei Kümmernissen eben gibt; und ich könnte doch aus langer Erfahrung mit mir selbst wissen, daß weiter nichts ist, als daß mit dem Fortschreiten des Tags die Schatten wachsen in mir, bis sie, einige Stunden später, gnädig aufgenommen werden von der Nacht.

Aber warum auch sitze ich immer noch hier an diesem Ort des Unbehagens? Es zieht durch alle Türen, sie stehen weit offen, die Lautsprecherstimme wird immer lauter, ein spazzino kehrt rings um meine Bank, kehrt mit träger Hartnäckigkeit, findet kein Ende, obgleich längst nichts mehr zu kehren und die Halle doch so groß und anderwärts gewiß des Kehrens bedürftig ist. Wie ungeduldig ich bin, reizbar durch ein Nichts, das sich als Widersacher erweist, wenn ich's beachte. Warum nur stehe ich nicht auf, gehe fort und heim? Ich bleibe sitzen, unbestellter Leuchtturmwächter, geheimer Radarsender für eine Reisende, die mit der gezackten Bleikugel im Herzen jetzt vielleicht Spanien überfliegt. Mir ist angst um sie, mir ist jetzt angst um alle meine Lieben, angst um alle Menschen, und plötzlich fliege ich mitsamt dem ganzen Erdball, aus dem Sonnensystem geschleudert, ins fürchterlich Leere. Lieber Gott, gedenke deiner Geschöpfe ... Ich sage ›lieber‹ Gott in solchen Augenblikken der Urangst, nur dann, sonst nicht, und wahrscheinlich sage ich es, um das ganz und gar Fremde, das Schreckenerregende, das Urschweigen zu beschwören. Lieber Gott. Als mein Jüngster fünf Jahre alt war, sollte er den Kaninchen im Nachbargarten Grünzeug bringen, aber da war plötzlich ein Hund, ein großer, und Stephan fürchtete ihn, eine Weile drückte er sich am Zaun entlang, doch plötzlich ging er entschlossen, wenn auch auf Zehenspitzen, ganz nah an dem fremden Hund vorbei zu den Kaninchen und kehrte auch wieder zurück. Wieso hast du denn auf einmal keine Angst mehr gehabt? fragte ich ihn. Ich habe ›Hündlein‹ gesagt, da hab ich vorbeigekonnt. Hündlein, lieber Gott . . . Lieber Gott, regiere uns nicht nach Deinem, sondern nach menschlichem Maß, und wenn Du's nicht kannst, so befrage Deinen Sohn, der weiß, wie es uns zumute ist, der erinnert sich ganz gewiß noch seiner Angst, und wie er schrie in der Verlassenheit vor zweitausend Jahren. Wenn wir ihn hören könnten, diesen Schrei. Ein Gerät, hochempfindlich, mit dem man Schallwellen empfinge, zweitausend Jahre alt, die noch immer in der Luft geistern; einmal begonnene Bewegung, die nie zur Ruhe kam; Wellen, die wieder zurückverwandelt werden ins Wort. Ein Mann am Apparat, er stellt die Zeitantenne versuchsweise aufs erste Jahrhundert, die Ortsantenne in Richtung Vorderer Orient; zunächst hört er nichts als das Fauchen, Knistern, Blöken des Geräts, er dreht die Zeiger an den Skalen hin und her, und da plötzlich hört er einen Schrei, und Worte in einer Sprache, die er nicht

kennt: Eli eli lama sabakthani, und dann ein großes Schweigen; er nimmt beides auf Band, die Worte und das Schweigen, er ist aufgeregt vor Freude über das Gelingen, er ist Techniker; was jene Worte bedeuten, das geht ihn nichts an, das werden andere untersuchen; genug, er hat sie auf Band. Der Schrei des Gekreuzigten kann fortan von jedermann jederzeit gehört werden. Der Schrei, und das nachfolgende Schweigen.
Staub weht herein in die Halle, ein Kind fällt über einen Koffer, es weint wie ein Kätzchen, niemand tröstet es, die Eltern sind mit dem Zoll beschäftigt, noch mehr Staub weht herein, wohin ist mein Morgenmut, der silbrige Leichtsinn. Ich bin nur auf zwei Töne gestimmt: die hohe Freude und den Schmerz; so dicht nebeneinander gespannt die Saiten, daß es dem Bogen selten gelingt, eine allein zu streichen, und das ist gut; beide zusammen, das gibt schwebenden Frieden. Jetzt aber klingt nur die eine, die dunkle, warum nur, es geht mir doch gut. Man spielt auf einem Instrument; bei einem bestimmten Ton, jedesmal, klingt ein bestimmtes Glas mit in der Vitrine. Auf welchen Schmerzlaut in der Welt antworte ich? Augenblicke, Stunden, Tage, in denen man nichts tun kann als fremden Schmerz ertragen, und, plötzlich selber rätselhaft verarmt, den letzten Vorrat an Hoffnung, den Spargroschen,

zum Fenster hinauswerfen in die Nacht, nicht wissend, ob ihn einer auffängt.
Aber auch zu solchen Zeiten ist es gut, etwas zu tun, Nützliches, das Naheliegende. Ich habe noch einen dicken Brief in der Tasche. Ein Bündel Gedichte einer Studentin; rasch hervorgestoßene Worte, trotzig, streitsüchtig, der Tenor die böse Klage, daß man sie ungefragt ins Dasein gerufen habe; im Begleitbrief steht, daß sie nicht erwarte, verstanden zu werden, kein Mensch verstehe den andern, sie hege keinerlei Illusion, sei überhaupt Realistin, in Literatur und Leben. Da haben wir es wieder, dieses Wort ›Realismus‹, diese klappernde Windmühle, die längst kein Brot mehr mahlt, aber wer merkt es, sie blasen mit ingrimmigem Eifer auf die morschen Flügel; es sieht schon großartig aus, wie die sich bewegen. Mehl fürs Brot der Armen? Was geht das sie an. ›Realismus‹, sagen sie, und was sie meinen, ist: das ausgespiene Unverdauliche aus ihrem fünfzehnten Jahr, die Meinung geprügelter junger Hunde über die Auferstehung des Fleisches, die Lust am Fressen aus Abfalleimern, die eselsgraue Misere. Als ob es nur diese gäbe! Aber die Nase des Schakals ist nicht eingerichtet für den Duft der Lilie. Wer auf allen vieren durch die Kanalisationsröhren rutscht, der mag schon glauben, dies da unten sei die Welt. »Ich bin Realistin«,

schreibt dieses Kind und will sterben, weil seine Literaturgötter ihm von allen Seiten das Geheimnis zuflüstern, daß Rosen stinken, Lerchen obszöne Lieder singen und daß man im legalen Bett sich die Krätze hole und wasserköpfige Kinder. Andersens Märchen von der Schneekönigin: mit dem Splitter vom bösen Spiegel im Auge sieht der kleine Kay nur mehr das Böse; so und nicht anders, nämlich ekelhaft, sei die Welt, sagt er, und er wisse die Wahrheit, er sei Realist. Ich sehe das Gesicht der jungen Dichterin, wie es mich anschaut, ein Kindergesicht, zum Weinen verzogen, und wie es wartet darauf, daß ich antworte: ist ja nicht wahr, Kind, was sie sagen. Aber so einfach ist die Antwort nicht, die meine nicht. Ich kann nur sagen: es gibt dies alles, ich weiß; lebe ich nicht? Aber es gibt auch das andre: die Keuschheit junger Männer (sie sind keineswegs alle im Kloster oder im christlichen Jungmännerverein zu suchen), die Treue (Goldene Hochzeiten, bei denen der Mann und die Frau sich ohne Erröten in die Augen blicken können), das reine Opfer (Märtyrer genug auch in unserm Jahrhundert), und die Liebe, die nicht das ihre sucht (daß es sie gibt, ich kann es bezeugen). Genügt diese Antwort? Mir genügt sie, dir nicht, ich weiß. In dreißig Jahren, wenn du so alt bist wie ich jetzt, wirst du, vielleicht, die Antwort finden, wenn du,

einen alten Hund streichelnd, dich darein ergibst, unwissend zu sein wie er, ihm nur das Wissen von deinem Nichtwissen voraushabend, was freilich viel ist. Aber für jetzt werde ich dir, morgen, eine Antwort schreiben, deinem Alter angepaßt, deinem Intellekt gemäß, du wirst sie ablehnen, macht nichts, du brauchst sie ja nicht, du brauchst nur mich, nicht einmal gerade mich, nur jemand, der zuhört, dir übers Haar streicht, murmelt: du bist nicht allein. Und das, schau, das ist wahr: du bist nicht allein. Aber angst ist mir um jene, die des Wortes mächtig sind und die mit dem Wort verführen. Mein Gott, laß mich nie schuldig werden durch das Wort, und verzeih denen, die sich dazu hergeben, Stimme des Bösen zu sein.
Noch immer scheint die Sonne, aber mir ist grau und kühl, warum nur habe ich wieder einmal meine Tür nicht geschlossen, nicht verriegelt; landstreichende Traurigkeiten, müde, auch zornig, gehen ein und aus, als sei ich eine billige Herberge auf der Paßhöhe, ein Asyl am Schmugglerpfad.
Den dritten Brief, den lese ich jetzt nicht, ich mag für den Augenblick kein fremdes Schicksal mehr, ich will heim; als ob es das gäbe für mich; immer wieder falle ich auf das Versprechen herein, das ich mir selber gebe: heimkommen zu dürfen. Die Bewegung dorthin jedenfalls, das Autofahren, ist gut

und tut wohl. Unheimlich gemäß ist es uns Heutigen, in rascher Bewegung zu sein, von irgendwoher irgendwohin. Wohin? Nomaden zogen durchs Land, wechselten ewig den Ort, sie wußten warum, sie schon: sie tauschten das abgegraste, von den tausend Hufen ihrer Herde verödete Weideland für frisches; sie gaben eine Heimat nur auf, um eine andre zu finden; nicht die Wanderung wollten sie, sondern die Bleibe. Aber wir, was für was tauschen wir ein? Wollen wir denn von irgendwo weg irgendwo hin? Wir haben Häuser, Wohnungen, gewiß, kleine Höhlen zum Schlafen, zum Eierausbrüten, aber das Haus, in dem wir leben, das ist die Bewegung, in ihr ungeborgen sind wir geborgen, die Unruhe ist unsere Ruhe, die Bewegung ist der Sinn. Es gibt Unkenrufe, Prophetengeschrei: das sei nichts als Flucht, beim Fliehen verlören wir alles, uns selbst, man brauche doch Grund und Boden, die stetige Bleibe, die Ruhe. Wenn es aber gerade anders ist? Wenn es Flucht ist, ein Haus zu bauen, sich irgendwo anzuklammern, so zu tun, als gebe es dies: das sicher Umgrenzte, das Eigene, das aus der rastlosen Bewegung der Welt Ausgesparte? Wenn die Kreuzspinne ihr Netz aus Eisendraht macht, der Sperling sein Nest aus Beton, der Zitronenfalter sich in Blei verpuppt, der Zigeuner ein festes Haus baut: Verrat! Laßt uns nur unser Auto, das Zelt des

Nomaden von heute. Unsre Lust an der Bewegung, sie ist unsre Form zu gehorchen.
Dennoch freue ich mich, heimzukommen in meine Wohnung hoch über dem Park, verfalle heute wie so oft dem Wahn, sie sei eine Burg, und ich könne die Zugbrücke hinter mir hochziehen, und kein Ungebetener vermöchte den Hof zu betreten. An der Tür steckt ein Zettel, eine Visitenkarte, ein unbekannter Name, ein deutscher; irgendwer, der diesen Namen trägt, welcher mir nichts sagt, wollte mich besuchen, ich war nicht daheim, so bin ich der Zumutung entgangen, noch einmal an diesem Tag fremdem Schicksal zu begegnen. Doppelt schön öffnet sich mir die Einsamkeit in meinen vier Wänden. Aber wer weiß, was dieser Mann wollte. Vor einer verschlossenen Tür stehen, klingeln, warten, wieder klingeln, auf einen Schritt horchen, der nicht kommt, noch eine Weile unschlüssig stehen, ein letztes verzagtes Klingeln, die langsame Wendung zum Fortgehen. Die ersten Schritte treppabwärts . . . Keine Möglichkeit zu erhalten, was sich verweigert. Nun, er kann ja wiederkommen, wenn es dringend ist. Aber vielleicht ist es dann zu spät. Das Zauberwort, zur Unzeit gesprochen, ist wirkungslos. Da geht er nun, dieser fremde Mensch, durch die römischen Straßen und denkt an die verschlossene Tür. Einmal, da kam eine Frau zu

mir, ich war daheim, ich öffnete. »Gott sei Dank«, rief sie, »daß Sie da sind.« Was kann ich für Sie tun? »Nichts; daß Sie da sind, ist, was ich wollte.« Aber wieso? »Ich setzte es mir als Zeichen; wären Sie nicht dagewesen, hätte für mich bedeutet: keine Hoffnung mehr.« Ich habe einmal begonnen, Geschichten, wahre, ich meine nichterfundene, zu sammeln, Geschichten von versäumter Hilfe. Eine junge Polin, Kind reicher Leute, wird nach kurzer Haft aus dem Konzentrationslager entlassen, man hatte die Leitung bestochen. Sie bekam ihre hübschen Kleider zurück, sie ist frei, sie trägt eine rote Lederhandtasche. Am Lagerausgang stehen andre Gefangene; eine von ihnen ruft: Oh, die schöne Tasche. Die Fortgehende hört das, und einen Augenblick lang ist sie bereit, die Tasche zurückzulassen, aber da sieht sie draußen vor dem Tor die Eltern, den Verlobten, die Freiheit, nichts anderes mehr, die Tasche nimmt sie mit. Sie hat mir die Geschichte zehn Jahre später erzählt. In ihren Träumen nachts kommen die Gefangenen und bitten noch immer um die rote Tasche. Sie möchte sie ihnen geben, jetzt, aber sie kann es nicht mehr: sind alle tot, vergast.
Wünsche ich denn, der Unbekannte, der kam und ging, soll wiederkehren? Das nicht. Ich bin dankbar für die Stille in meinen Wänden, und ich will

arbeiten. Ich will. Aber meine Arbeit ist nicht von der Art, daß man sie wollen kann. Der mittags abgerissene Faden, wo ist er? Gibt es nicht vielleicht Dringlicheres jetzt zu tun für mich, als diesen Faden zu suchen, mühsam neu zu knüpfen, weiterzuspinnen? Ich spüre plötzlich eine ungemeine Lust darauf, in die Stadt zu gehen, etwa bis zur Piazza Venezia zu fahren mit dem Autobus und dann durch den menschenwimmelnden Corso zu gehen bis zur Piazza del Popolo, dort einen caffee lungo zu nehmen und zurückzufahren, oder noch besser: durch Trastevere zu schlendern, mich in dieses abendliche Gebrodel zu mischen, in diese Schwärme von kleinen Fischen mit dem unstillbaren Appetit auf Leben, den immer neuen Augenblick, auf den sie sich stürzen mit immer gleicher Neugier, mit einer Art Gefräßigkeit, mit nie erlöschender Begeisterung; nirgendwo ist dort eine leere Stelle, überall wird gelebt, jeder tut es ganz, ist mit allen Sinnen dabei, selbst den langweiligen snobistischen Fremden wird ihre Rolle zugeteilt; ehe sie sich's versehen, sind sie mit im Spiel; nur Zuschauen, das gibt es hier nicht, jeder bekommt einmal sein Stichwort, und jeder holt aus sich heraus, was er kann, nur nicht den Augenblick verlorengehen lassen, so einer kommt vielleicht nie wieder. Ich möchte jetzt dort sein, meine Rolle bekommen, laut und fröhlich mitspielen, ich kann es, das Stegreifspiel. Aber nein: ich muß doch arbeiten, weg mit der Versuchung, ich habe ja meine Rolle schon, meine Auftritte sind mir vorgeschrieben, mein Platz auf der Bühne ist mit einem kleinen scharfen Kreidekreis vorgezeichnet.

Aber da ist, Gott sei Dank, noch etwas andres zu tun, es gehört zu meiner rechtmäßigen Rolle im Stück: der letzte Morgenpostbrief muß jetzt endlich gelesen werden. Er kommt aus Japan, von Shimaya, einer jungen Lehrerin. Wir schreiben uns seit Jahren. Ihr Deutsch ist fehlerhaft und dennoch, oder deshalb, merkwürdig schön, jedes Wort kommt wie neugeprägt, jedes Bild ist frisch und dicht. Diesmal hat sie Kummer: ihr Bruder hat eine Frau genommen, die sich nicht in die Familie fügen, nicht bei der Schwiegermutter wohnen, nicht nach buddhistischer Weise leben will; nun ist das junge Paar von daheim fortgezogen, das ist sehr schlimm, die Mutter war »ganz mit Ruten geschlagen auf ihr Herz und dann wie ein Felsstein hart ohne Wasser von Tränen«, aber jetzt endlich hat sie wieder begonnen, Blumen zu stecken, und darin Trost gefunden und Ergebung. Trost durch Blumenstekken, das klingt für ein westliches Ohr seltsam.

Das Telefon! Vielleicht ist es der Unbekannte, der fortgegangen war. Nein, er kann meine Nummer nicht wissen, sie steht nicht im Telefonbuch. Es ist jemand anderes, es ist ›der Absurde‹, so nennt er sich selbst, und mit Recht. Er will ein Treffen vereinbaren, morgen, übermorgen, er hat immer Zeit, er hat nichts als Zeit. Also übermorgen nachmittag, gut. Der Absurde. Ich habe ihn auf absurde Art kennengelernt. Auf andere Art kann man so jemand nicht kennenlernen. Ich saß eines Tages mit meinem jüngsten Sohn in der Questura, um die Aufenthaltsgenehmigung für ihn verlängern zu lassen. Unter den ebenfalls Wartenden an diesem unbehaglichen Ort ein Mann, der uns auffiel: ein älterer Herr mit Baskenmütze, Franzose, Intellektueller, Jude vielleicht, ein mageres Wüstentier, auf ein Minimum an Körperlichkeit reduziert, unstet, von lange her einsam, auf nicht leicht bestimmbare Art willentlich närrisch. Dies alles, deutlich spürbar, beredeten wir leise, mein Sohn und ich, beide höchst interessiert an diesem Menschen, am Menschen überhaupt. Der alte Herr blickte hie und da zu uns herüber mit klugen Augen, uralten traurigen Augen, wie sie Menschenaffen haben hinter Gittern. Dann wurde unser Name aufgerufen, wir gingen in das Amtszimmer, erledigten das Vorgeschriebene, kamen zurück, mußten noch einmal warten. Plötzlich erhob sich der hagere alte Herr, kam zu uns, sagte in Berliner Deutsch, ob ich nicht vielleicht von Beruf Schriftstellerin sei, er hoffe meinen Namen richtig gehört zu haben, und das Bild auf meinen Büchern sei einigermaßen ähnlich, er habe sich seit Jahren gewünscht, mich kennenzulernen, im allgemeinen gehe ihm kein Wunsch in Erfüllung, so halte er es durchaus für möglich, daß ihn die Stunde narre, er sei derlei gewöhnt, habe zu Hause einen Zettelkasten, sein einzigr Besitz, eine Auskunftei über die Mißerfolge seines Lebens, darüber müsse ich schreiben, ich könne mich des Kastens bedienen. Ich bin, obgleich von Natur und durch Übung anpassungsfähig, jetzt doch verblüfft, und vor lauter Verblüffung sage ich ganz wider Willen: »So kommen Sie doch einmal zu mir. Sie sehen: die Reihe Ihrer Erfahrung von nichterfüllten Wünschen ist durchbrochen.« Ich gebe ihm meine Adresse. Mein Sohn sagt nachher: »Immer stöhnst du über die vielen Besucher. Und jetzt lädst du dir sogar einen ein, noch dazu einen solchen, der ist fürs Raritätenkabinett.« Ich gebe ihm einen Rippenstoß: »Redet man so über einen Menschen?« Er besteht unbekümmert auf seiner Meinung und beginnt, mir all die seltsamen Leute vorzuzählen, die er bei mir schon hat auftauchen sehen.

Am nächsten Tag bereits rief der Fremde an, der mir in der Eile der ersten Begegnung seinen Namen nicht nannte. Er sagte am Telefon: »Hier spricht der Absurde.« Dabei blieb es bis heute: der Mann mit der Kartei seiner bitter komischen Mißgeschikke, der Mann für den eine Situation erledigt und gelebt ist, wenn er sie im vorhinein bis zu Ende durchdacht hat; die Abstraktion eines Mannes, dessen Leben nur der Entwurf eines Lebens ist; der während der acht Jahrzehnte seines Daseins auf Erden nur dreimal wirklich gelebt hat und bei jedem dieser drei Male schuldig wurde, der seine Schuld kennt und bestürzt auf sie starrt, mit unaufhörlicher Neugier immer wieder darin gräbt, in die dunkelsten Schächte steigt und nichts zutage fördert als die immer neue Gier zu wissen, wer das war, der da schuldig wurde; die Gier, herauszufinden, wer er selbst ist. Solange er das nicht weiß, will er namenlos sein. Seinen bürgerlichen deutschjüdischen Namen verabscheut er, einen andern hat er nicht, aber er beginnt schon zögernd mir zu glauben, wenn ich ihm sage, daß es einen, den Einen gibt, der seinen wahren Namen kennt. Einstweilen also heißt er und ist er: der Absurde. Der einzige Mensch, den ich nicht aus eigener Erfahrung, nicht durch Vergleich mit mir und andern verstehen kann, sondern nur aus ihm selbst, nach seinem eigenen Codex, mit Hilfe seines von ihm selbst verfaßten imaginären Wörterbuchs, einer ebenfalls von ihm stammenden Logik des Absurden und eines ungeschriebenen Handbuchs der ›Praeposterien‹, wie er es nennt, er leitet es ab von praepostere agens: das Zweite für das Erste nehmen, also verdreht sein, grundsätzlich anders, närrisch, eben absurd. Wenn er übermorgen kommt, werde ich wieder einmal alle meine Erfahrungen ablegen, kein Streitgespräch führen, ihm zuhören, mich nicht wundern, ihn recht haben lassen, und hat er nicht recht? Er ist, wie er ist, und daß er anders ist als ich und alle, die ich kenne, beweist doch nicht, daß er eine Fehl-Existenz sei. Bisweilen denkt und klagt er dies, aber ich kann ihm dann sagen, was ich davon halte: daß er keine andere Aufgabe mehr hat, vielleicht nie eine andre gehabt habe, als sich selbst zu ertragen in seinem Absurd-Sein, und dieses Absurd-Sein zur reinen Form zu entwickeln, solange ihm noch Zeit dazu gegeben sei. Bisweilen spreche ich davon, daß dies sein Kreuz sei, und er sträubt sich nicht gegen das Wort Kreuz, er versteht es, kennt sein Gewicht. Manchmal aber schweige ich ganz und wage kein Trostwort, keinen Rat, denn da sehe ich in seinen alten Augen die noch ältere Traurigkeit seines Volks, und dann denke ich nur: du weißt vielleicht mehr als ich; nur eines ist, was ich dir voraus weiß: dir ist schon vergeben, du hast soviel gelitten. Aber wenn wir mitsammen diesen hohen Punkt erreichen, dann schlägt alles plötzlich

um, das Absurde übertrumpft den Ernst, die Selbstironie, bitterlustig, stellt alles in Frage, und für einige Augenblicke verliere ich selbst mein Gleichgewicht, blicke suchend unter mich, ob unterm hohen Seil das Netz ausgespannt sei und stelle aufatmend fest: es ist da.
Dies also ist der Absurde, der mich mit seinem Telefonanruf aus der Lektüre des japanischen Briefes holte. Ich kehre zurück, beginne von vorne, lese weiter, stoße auf Shimayas Frage: Und was tun Sie, wenn Sie traurig sind, gibt es in Europa auch Blumenstecken oder statt dessen: was? Trost und Ergebung durch Blumenstecken, das kennen wir nicht, Shimaya, das klingt uns unbegreiflich. Wenn es noch hieße: sie hat sich getröstet im Gebet, das klänge vertrauter, obgleich für manche hier nicht weniger seltsam. Versteh' ich es denn? Ich denke es mir so: eine Frau mit rotgeweinten Augen, nach vielen Nächten ohne Schlaf, gibt es eines Morgens auf, die Welt, die kleine ihr mißfällige Hauswelt, Familienwelt, ändern zu wollen; sie geht in den Garten, blickt hierhin und dorthin, prüft Zweige und Blumen und schneidet schließlich Narzissen, Blütenstengel und ein Büschel der lanzenförmigen Blätter, trägt alles ins Haus, legt es auf einen Tisch, bleibt lange davor stehen, ihr Gesicht entspannt sich, die Hände liegen ruhig auf der Platte, der

Raum ist ganz still, und dann, nach langer Zeit, beginnt die Frau aus dem Bündel von Grün und Weiß auszuwählen: sie nimmt drei Blütenstengel, einen läßt sie lang, den zweiten halblang, den dritten schneidet sie kürzer, und dann legt sie um jeden der Stengel die Blätter, je vier, die längeren nach außen, die kürzeren nach innen, und steckt das ganze Gebilde in die Steinvase, den hohen Stengel ein wenig nach rechts geneigt, den mittelhohen deutlich nach links, den kurzen wieder nach rechts, man kennt die Gestalt aus Bildern, man weiß, was die drei Stengel bedeuten: der hohe den Himmel, der mittelhohe den Menschen, der kurze die Erde, und diese drei müssen in Harmonie sein. Die Frau tritt ein wenig zurück, schaut ihr Gebilde prüfend an, nimmt es auseinander, beginnt von neuem, zweimal, dreimal, das Gesicht wird immer stiller, die Hand immer sicherer, und endlich steht es da, wie es sein soll: das Vollkommene, das dem Menschen gelingt, wenn er sich selbst und seinen Kummer übersteigt. Es gab eine Zeit, da ich dachte, dies sei nichts als Resignation, man webe sich einen schützenden Vorhang zwischen dem verwundbaren, verwundeten Herzen und der feindselig sperrigen Welt; eine Flucht ins Nichts-als-Schöne, wie auch das Gebet Flucht sei, zurück in die Wiege, die Nichtverantwortlichkeit, das Aus-dem-Spiel-Sein.

Es ist nicht so. Strenge Zucht ist es vielmehr, und schwer zu leisten. Ein japanischer Ritter sah seine Burg an den Feind verloren, wenige Stunden blieben ihm bis zu seinem Tod; er steckte Blumen; so ging er mit Würde ganz still zum Sterben. Shimayas Mutter, mit noch verweinten Augen sanft ihre sanften Narzissen ordnend nach deren eigenem Wesen und nach dem Gesetz der Harmonie: Zeugin dafür, daß es dem Menschen möglich ist, aus der Unordnung privaten Leids den großen Schritt zu wagen ins Dunkle, hoffend und glaubend, daß doch alles Verlorene sich wiederfindet, alles Abgerissene neu sich knüpft, alles Verworrene unversehens sich klärt, das ewig Ganze sich ahnen läßt. Und wir, fragst du, Shimaya, wir Westlichen, was tun wir, um unsere Trauer zu ordnen? Ich kann dir nicht sagen, was andere tun, ich kann nur von mir berichten, ich mache es auf ähnliche Weise wie deine Mutter: ich suche den Raum der Stille, ich lausche, warte, ich höre endlich die Quelle, die Wasser, die mir bis zum Halse reichen, finden den Anschluß an die ewigen Wasser, und so wird denn schließlich alles gut, wie schlimm es auch äußerlich zugehen mag. Nur: das, was dir als das große Es erscheint, das gibt sich mir als Person. Wir haben einen Gott. Den Gott. Wir haben ein Du, das aus der unermeßlichen Fülle der Leere trat, Wort wurde, Fleisch wurde, unsersgleichen, bereit zum Gespräch. Aber glaub nur nicht, daß dies für unser Gefühl einen großen Unterschied macht: auch dieser brüderlich nahe Gott ist schwer zu fassen, und was uns tröstet, ist nichts anderes als das, was euch tröstet: die ergebene Hoffnung, ausgesandt ins scheinbar Leere.

Schon eine Weile, schon während ich den Brief lese, unterrieselt mich ein leiser neuer Schmerz, ich dränge ihn zurück, kaum mir dieser Bewegung bewußt, aber das Rieseln wird stärker, ich bin unterströmt von etwas, das wehtut, obgleich es keinen Namen hat. Auf einmal aber weiß ich: das Wüstenlied ist wieder da; das kleine Dienstmädchen auf der Terrasse im Nachbarhaus nimmt die morgens aufgehängte Wäsche ab, holt die Segel ein, das Schiffchen ihres Tags läuft in den kleinen Hafen ein, aber es bringt ihr keine andere Fracht als jene, mit der sie es aussandte: das Heimweh. Ich kann das Lied jetzt nicht hören, mein Schiff, landwärts gerichtet zur Nachtküste hin, ist noch auf dem Meer; könnte sein, daß es von diesem Lied noch einmal hinausgelockt würde, viel zu weit, ins viel zu Dunkle.

Darum Fenster zu, das Lied ausgesperrt, Radio angedreht, Nachrichten in Italienisch, Anstrengung des Hörens und Verstehens, keine Zeit für mich,

für Gefühle. Aber was hilft's: das Wüstenlied hat schon alles im Zimmer verändert, hat es angesteckt mit seiner Trauer, ein jeder Gegenstand hat die Melodie eilfertig gelernt, summt sie bereits vor sich hin, das Lied spinnt mich ein, rückt mir immer näher, sickert mir durch die dünne Haut. Gefährliche Stunde. Schnellte ich jetzt den Pfeil ab, der stets bereitliegt auf dem Bogen: er träfe das gemeinte, das schon lange verwundete Herz; aber ich halte ihn zurück, wir brauchen Frieden, Arbeitsfrieden, Lebensfrieden, sind an Disziplin gewöhnt; nur einen ganz leisen Schlag mit dem Knöchel des Ringfingers auf den großen Gong gestatte ich mir: dem er gilt, der wird den Ton hören, er wird aufblicken von der Arbeit, einen leichten Schmerz spüren, ihn erkennen als den ur-vertrauten, wird lächeln, weiterarbeiten; wir sind uns begegnet irgendwo auf einer Bergspitze nah an einem Gletscher, auf einem unserer Heimatberge, dort wo wir nicht bleiben können und doch immer sind.
Aber jetzt: die Arbeit. Wenn ich mich doch auf sie stürzen könnte wie der Hund auf die volle Futterschüssel, die man ihm hinstellt. Aber mir ist kein Futter vorbereitet, ich muß mir die Beute selbst erjagen in der Steppe, oder noch besser: still sitzen und geduldig gespannt warten, bis das Zuschnappen der Falle verrät, daß sich da etwas gefangen hat:

eine neue Wendung, ein Wort, ein Bild, ein noch gestaltloser Klang, eine noch nicht verwendete Farbe; oft ist es nur ein dürrer Ast, den der Wind in die Falle wehte, ihren Mechanismus auslöste. Es war nicht zu erwarten an diesem zerklüfteten Tag: ein neues Kapitel fiel unversehens in die offene Grube, geriet mir lebend in die Falle; eine halbe Stunde Arbeit genügt, es festzuhalten. Aufatmend schiebe ich Feder und Papier beiseite.

Es ist Abend. Was tun jetzt? Briefe schreiben? Die Hand ist müde, der Kopf leer. Einen Besuch machen? Ein andermal. Alleinsein, still sein. Vorwand für einen Spaziergang: ich schreibe rasch eine Karte an meinen Ältesten, für heute nur einiges Sachliche, sein Kommen betreffend; die Karte muß ich zum Kasten bringen, nicht zur Post, die mag ich nicht, gläsern und graubetonen wie sie ist, sondern hinauf zum Briefkasten an der Mauer zwischen dem Collegio Sant Alessio und dem Tor zum Garten der Malteser; dieser Kasten, wie er so da hängt, schön rot gestrichen, hat mein Vertrauen seit Jahren, bekommt fast alle meine Briefe zu schlucken, hat etwas von einem braven Dorfbriefkasten, der seine Stammkunden kennt, der ordentlich bekannt gibt, wann er geleert wird, ist nicht so ein Zufallsbriefkasten für alle wie die großen grauen leichtmetallenen in der Post unten, von denen ich nie sah, daß jemand sie leerte; die Briefe, dort eingesteckt, fallen vielleicht in die unterirdische Kanalisation; kurzum, ich habe allen Grund, die Karte an meinen Christoph nach Sant Alessio hinaufzutragen. Ich gehe meinen Morgen-Kirchenweg, Lieblingsweg. In dieser Stunde ist er etwas mehr bevölkert; einige die da gehen sind mir vertraut: die hochgewachsene Schwarzgekleidete mit dem Lächeln der kleinen Therese von Lisieux und dem sonderbar schiefen Gang, der wie eine Bitte um Entschuldigung ist dafür, daß sie die Erde mit Füßen tritt; ein paar von den zierlichen Inderinnen im Sarong, die hier Medizin studieren, Missionsärztinnen werden; der große kohlschwarze Wolfshund aus der Via Icilio, der morgens an der Kette liegt und grimmig aussieht, jetzt aber dienstfrei spazierengeht und sich hinter den Ohren kraulen läßt; und dann der dicke Pfarrer, ich kenne ihn nicht, ist ein Fremder, ein Gast hier, wie eine Ente auf ganz kurzen Beinen kommt er daher, freundlich-betulich lächelnd bald rechts, bald links blickend, als gehe er segnend durch ein Spalier von braven Gläubigen, und ist doch gar niemand da, der seinen Segen will, nicht einmal ich in diesem Augenblick, aber da nun eben niemand andrer da ist, werde ich eingefangen vom Seelenfänger, zwar erweist es sich als eine Verwechselung, er nennt mich Signorina, hält mich für eine gewisse Französin oder Schweizerin, aber darauf kommt es ihm nicht an, Hauptsache, er kann mit jemandem reden, jemanden retten: ob ich zur Pfarrei Santa Prisca gehöre (das tu ich), ob ich die neuen Ausgrabungen, das neue Mithräum gesehen habe (nein, noch nicht, nur das in San Clemente), ob ich sonntags in Santa Prisca zur Messe gehe (nein), aber hoffentlich doch überhaupt (ja, sage ich übermütig, und gar nicht der Wahrheit entsprechend, manchmal ja, manchmal nein, wie's halt so kommt), aber das müsse ich doch (ja, weiß schon, aber), er läßt kein Aber gelten, fragt, ob ich denn nicht verheiratet sei (geschieden, sage ich, das mißfällt ihm), er fragt nach den Kindern (ich erkläre ihm, daß der Vater der Kinder gefallen sei, mein erster Mann), das stimmt ihn milder, ja, sagt er seufzend, das Leben ist hart, aber tun Sie nur immer den Willen Gottes, dann wird schon zuletzt noch alles gut. Jaja, sage ich, indem ich versuche, ihm zu entschlüpfen, wenn ich ihn nur kennte, den Willen Gottes; Sie kennen ihn, scheint es, Padre, darum beneide ich Sie. Bis es ihm dämmert, daß diese Antwort ein Angriff sein könnte, hab' ich mich schon um die Ecke der Via Sant' Anselmo gerettet. Tun Sie nur immer den Willen Gottes, Padre, ich hoffe, Sie wissen, was Gott von Ihnen will; ich, sehen Sie, verbringe mein Leben damit, herauszubekommen, was er von mir will, und ich weiß es noch immer nicht, es sei denn, ich nehme an, daß er will, ich solle ihn nicht kennen, diesen Willen, solle nichts wissen, solle dieses Blindsein, Taubsein, Lahmsein ertragen, oder ich solle warten wie ein Jagdhund, der rennen möchte, stöbern, Wild stellen, die Beute apportieren, sie dem geliebten Herrn zu Füßen legen, und dem sein Herr sagte: Platz, sitz hier; und der Hund geht auf und davon; da sitzt nun der Hund, die Ohren hochgestellt, die Vorderpfoten zitternd vor Spannung, die Nase im Wind; aber der Herr ruft nicht, braucht den Hund nicht mehr, hat ihn vergessen. Es kommt die Nacht, die tiefe Finsternis einer mondlosen Mitternacht, und vielleicht um diese Stunde, unerwartet, kehrt der Herr zurück, findet den Hund am Platz, streichelt ihn, geht mit ihm nach Hause; oder er kommt erst im Morgengrauen und findet den Hund halb erfroren; oder der Hund ist nicht mehr da, ist heimgelaufen, hat sich's im Korb neben dem Ofen behaglich gemacht; oder der Herr kommt und geht achtlos, zerstreut am Hund vorbei, vergißt ihn; oder der Hund ist gestorben; oder der Herr ist gestorben, kommt nie mehr, oder ... Wieviele Möglichkeiten für einen Herrn und einen Hund in der Nacht, sich zu verfehlen. Ist es der Wille des Herrn, daß sein Hund wartet? Und wenn der Hund von Wölfen überfallen, getötet wird, ist das der Wille des Herrn? Muß es denn dunkel sein im Wald, muß Warten in der Finsternis sein?

Eigentlich muß Gott sich verwundern über seine Menschen. Vor einem Fernsehgerät sitzen sie, man hat ihnen gesagt, auf dem Bildschirm erscheine etwas, ein ungeheuer Wichtiges, eine Nachricht von solcher Bedeutung, daß von Sehen und Nichtsehen, Hören und Nichthören Leben und Tod abhänge. Die Menschen warten. Sie glauben, daß da etwas kommt, man hat es ihnen gesagt, daß es gar nicht anders sein könne als daß da etwas sei, das sie angehe. Bisweilen sehen sie ein schwaches Lichtgeflimmer, sie sagen: Jetzt! Aber weiter kommt nichts. Wo bleibt der versprochene Film? Sie warten und warten, nehmen jedes kleine Aufzucken von Helligkeit für eine tröstliche Botschaft, warten weiter, hundert Jahre, tausend Jahre, bisweilen stehen einige auf, lächeln überlegen: Es kommt nichts, wir sind genarrt, und gehen fort. Die andern, eigensinnig, bleiben sitzen. Nur die Oberschüler, die nebenher ihre Prüfungsarbeit in Religion schreiben, die verstehen es zu beweisen, daß Gott existiert. Du ganz Verborgener, wunderst du dich nicht über uns, daß wir dir vertrauen, daß wir dich ertragen, daß wir dir vergeben, wenn du unsere Bitten überhörst, und hast doch gesagt: »Alles wird euch gegeben, worum ihr bittet«; und daß wir dir deine Allmacht verzeihen, die du vor uns verleugnest, und daß wir dir noch danken für deine Schläge, und daß wir uns rührend bemühen, dir zu gefallen, während du uns, winzig wie wir sind, nicht einmal bemerkst, wer weiß denn, ob du jeden einzelnen von uns . . . ja, ich weiß schon: kein Haar vom Haupt ungezählt, kein Sperling unbekannt, das ist poetisch; ist es auch wahr? Gib doch zu, daß du ganz Ungeheuerliches verlangst von uns: zu glauben, daß Licht ist, wo doch Finsternis ist; zu glauben, daß Liebe ist, wo eins das andre frißt; Geborgenheit, wo nur Verlassenheit ist. Wunderst du dich nicht, daß wir das leisten: zu leben? Ich spreche nicht von mir, ich habe den Sprung schon getan über den Graben, er war schwer genug, ich habe aus dem Brunnen des Nichtmehrwissenwollens getrunken, der unterirdisch kommuniziert mit den Wassern der Weisheit. Aber die andern, meine andern, ich denke ihre Gedanken in ihren Worten, antworte an ihrer Stelle dem freundlich törichten Pfarrer. Aber freilich, freilich: was kann denn er dafür, daß er nur die Sprache seiner Zeit, einer abgelebten, zu sprechen versteht, daß er zu alt ist umzulernen, gar nicht weiß, daß er freigebig Münzen austeilt, die längst außer Kurs sind, nur die kleinen Kinder nehmen sie noch an aus Unwissenheit, und die Nonnen, weil sie hartnäckig meinen, daß diese gewohnten Münzen nie veralten. Alle andern, clever genug, weisen sie verärgert zurück; damit kann man sich nichts mehr kaufen. Armer Pfarrer mit dem Sack voll unbrauchbarer Münzen; geh, laß sie umprägen; schau doch über den Aventin weg, da siehst du die Kuppel von Sankt Peter, da sind sie dabei, einen neuen Prägestock zu bauen. Wieviele Jahrzehnte werden nötig sein, bis die neuen Münzen dir zur Hand sind? Eigentlich tut er mir leid, der dicke Pfarrer, weil der Boden unter seinen Füßen bebt; schwer ist es, umzulernen im Alter, schwer, wenn man gar nicht einsieht, weshalb man es sollte, war doch alles so gut . . . Ich drehe mich um, schon auf der halben Höhe der Via Sant' Anselmo, da steht er unten an der Ecke bei der Palme; er steht da, wie hingebannt, rührt sich nicht, spricht niemanden an, es gehen einige an ihm vorbei, ungeschoren; was mag er denken, vielleicht betet er für mich, die Verlorene. Fast möchte ich rasch zurücklaufen, ihm die Hand geben, sagen: Ich hab's nicht bös gemeint, ich weiß schon, daß Sie auf die Wahrheit zielen, und vielleicht sind Sie ein Heiliger, wer weiß.

Aber ich gehe weiter, werfe meine Karte ein bei Sant Alessio, schaue in den Garten daneben, wo sie an der Mauer stehen, je zweie, Arm um Schulter,

Arm um Hüfte, Liebespaare, junge, reizende, sie stehen vorn an der Mauerbrüstung, alle in gleicher Haltung, wie Steinfiguren, vom gleichen Meister gemacht, unbeweglich gegen den Abendhimmel, sind versunken in die intensivste aller Beschäftigungen: verliebt zu sein. Einmal standen auch wir zwei dort, weißt du noch, wir wollten nur die Aussicht über den Tiber haben oder nicht einmal das, es ergab sich, daß uns das Gespräch dorthin führte, irgendwohin geht man ja immer, da standen wir, nicht Arm um Schulter und Hüfte freilich, aber doch eben zwischen den andern, den zärtlichen Standbildern unerprobter Liebe, und plötzlich kam es uns beiden soviel Älteren zum Bewußtsein, da lächelten wir erschrocken und gingen rasch weg; manchmal pilgere ich, wenn du fern bist, zu jener Stelle, ich weiß sie genau, weiß, wo deine Hand lag, nahe der meinen; aber heute tu' ich es nicht, heute ertrag' ich es nicht, du bist zu nah. Einmal, wenn wir tot sind . . . Was ist da? fragst du. Da ist dieses, hör zu: es gibt bei den Japanern ein Spiel, No-Spiel, alle No-Spiele sind Nach-dem-Tod-Spiele, Geister-Spiele, behandeln das Schicksal des Menschen nach seinem Tod, und da gibt es eines, da kommt ein Mönch des Weges und sieht zwei Alte sitzen, einen alten Mann, eine alte Frau; was sitzt ihr da, fragt der Mönch, wer seid ihr, woher kommt ihr, er fragt sie aus wie mich der alte Pfarrer ausfragte; der Mann sagt: ich bin der Geist einer Kiefer von – ich weiß nicht mehr, sagen wir von Sendai; die Frau sagt: und ich bin der Geist einer Kiefer von Kyoto; der Mönch sagt: aber das ist doch unmöglich, Sendai und Kyoto liegen Hunderte Meilen voneinander entfernt, wie könnte eine Kiefer von Sendai zu einer Kiefer von Kyoto gelangen? Da lächelten die beiden Uralten: Mann und Frau, die sich lieben, sind immer beisammen.

Uralte wissende Bäume. Ich mache einem von ihnen meine Reverenz: im Klostergarten von Santa Sabina, durch ein kleines rundes Fensterchen zu sehen, steht der tausendjährige Orangenbaum des San Domenico, und weit weg im Norden kenne ich den tausendjährigen Hildesheimer Rosenstrauch, der den Bombenbrand überstand; und im Garten meiner Kindheit die tausendjährige Tassilo-Linde von Wessobrunn; und die Zedern über dem Schnee des Libanon sah ich, und auf der Akropolis über dem Piräus den ewig jungen silbrigen Ölbaum der Athene, und in Jerusalem die Ölbäume vom Gethsemanegarten, greise Bäume, zerklüftet und verkrüppelt vor Mitleid mit der Angst eines Gottes; und irgendwo, an keinem historischen Ort, in einem einfachen Bauerngarten, da sah ich einen Baum, der gar nicht einer war, sondern zwei

Bäume zu einem geworden; zwei Eichen, zwei Wurzelstöcke, deutlich geschieden, wenngleich mit den Wurzeln untrennbar verflochten, zwei Stämme, so nah aneinander, daß sie gar nicht anders konnten als zusammenwachsen, aber das geschah nicht einfach über Nacht: sie standen so nah, daß, wenn der Wind sie bewegte, sie sich berührten, sie schürften sich gegenseitig die Rinde auf, taten sich weh, das harzige Blut floß, keiner gab nach, keiner auch wurde gefällt, keiner ausgegraben und anderswohin versetzt, man überließ sie ihrem Geschick, und als sie sich lange genug verwundet hatten, da waren sie so in Höhe und Breite gewachsen, daß zwischen ihnen gar kein freier Raum mehr war: Wunde an Wunde standen sie nun, das Harz dichtete die gemeinsame Wunde ab nach außen, und in aller Stille, allen Augen verborgen, heilten die Wunden, indem sie sich verbanden; Stamm in Stamm, nicht mehr zwei, ein einziger oberhalb der noch deutlich sichtbaren Lücke, welche den Anfang aus zwei Wurzeln erraten läßt, die eine Hälfte der Krone höher und heller, die andere ein wenig dunkler im Laub, nur der aufmerksamste Blick konnte das unterscheiden. Aber Daphne, sie floh vor Apoll, verwandelte sich in einen Baum, um sich dem Gott zu versagen. Wenn ich mich in einen Baum verwandelte, dann in einen Mandelbaum.

Oder nein: ich wäre lieber ein Efeu an einem Baum ... Abendgedanken, müde, taubeschwert; sie verlieren sich zwischen lauter Bäumen, Baumschicksalen, Baumlegenden, und zwischen all meinen Traumbäumen werde ich ums Haar von einem Auto angefahren, das dem Autobus ausweichen muß, der hier unversehens weit ausbiegt, um die Kurve zur Via Santa Sabina zu bekommen. Ein wenig wacher gehe ich weiter, bergab, bis zum Kloster der Camaldolenserinnen, die es gebaut haben ohne Geld, ohne Baubewilligung; eine Legende aus unseren Tagen, und sie ist wahr; was ich erzähle, ist wirklich geschehen. Die Nonnen, ein Zweig des Benediktinerordens, hatten ein kleines altes Kloster dort, sie brauchten ein größeres, neues. Unter den Nonnen ist eine, die eine Reklusin ist, eine Eingeschlossene, Einsiedlerin, so etwas gibt es heute kaum mehr, es mutet an wie eine Geschichte aus dem ersten Jahrtausend: eine Frau, noch jung, Amerikanerin, sagte man mir, ließ es sich nicht genug sein damit, Nonne zu werden, in Klostermauern sich einzuschließen, sie wollte das Kloster innerhalb des Klosters, den noch engeren Raum, das Allerallermindeste an Atemluft: sie ging mit dem Geliebten ins Felsengrab, sie ließ sich einmauern, buchstäblich, sie hat nur eine winzige Zelle, in die niemand andrer je seinen Fuß setzt; das Essen und das geweihte Brot bekommt sie durch ein Fensterchen, und durch dieses Fensterchen auch spricht sie mit ganz wenigen Menschen: dem Beichtvater und der Äbtissin; sie hat die Gabe des guten Rates, vielleicht das prophetische Auge, jedenfalls ging es beim Bau des Klosters folgendermaßen zu: die Äbtissin besprach sich mit ihr, soll man bauen, soll man nicht, das Geld fehlt, und es wird wohl nicht erlaubt werden an dieser Stelle ein großes Gebäude zu errichten; die Eingemauerte sagte: Fangt nur an, das Geld kommt, der Bau gelingt. Und so begann man denn, in Gottes Namen. Man baute zwar hinter der schützenden Gartenmauer, aber ein Haus wächst schließlich über Gartenmauerhöhe hinaus. Was nun, was tun, wenn die Baupolizei es sieht? Baut weiter, baut weiter, sagte die Reklusin. Man baute weiter. Die Mauern wuchsen, ganz frei jedem Blick bot sich das Gebäude dar; aber es war ein Geisterhaus, aus Luft gebaut oder von Engelswolken umgeben, kurzum: niemand konnte es sehen; oder vielleicht, wenn die Polizei vorbeifuhr, flog dem Beamten ein Staubkorn vom Bau ins Auge und blendete ihn, oder es ging ein schönes Mädchen vorbei auf der andern Straßenseite, wer weiß, welcher irdischen Mittel sich die Engel bedienten, das Haus unsichtbar zu machen. Bis es unter Dach war. Nach italienischem

Recht gilt ein Bau als unantastbar vom Gesetz, wenn er unter Dach ist. Ein Jahr oder zwei Jahre später bauten sie noch irgend etwas Unwichtiges im Garten, sofort war die Polizei da, machte Einwendungen. Aber das Kloster und die Kirche, die standen. Und mit welchem Geld hatte man gebaut? Oh, mit irgendwelchem. So von Tag zu Tag freilich wußte man nicht, womit man zahlen sollte, aber im großen ganzen war das Geld da. Woher? Es war eben da; von hier, von dort, von irgendwoher. Ich kenne das von meinem geliebten Kloster Veroli, das hatte auch nie Geld in der Kasse, und doch kam immer zur rechten Zeit genau soviel, wie man brauchte. Geheimnis des vollkommenen Vertrauens: die christliche Weise zu zaubern. Meine beiden Freundinnen hier, die leben auch so, mit nichts im Rücken, in keiner Versicherung gegen was auch immer, mit keiner Erwartung auf großen Erfolg oder auf eine Erbschaft, um die Erbschaft haben sie sich selbst gebracht, die Mutter hat einst, in Trotz und Auflehnung gegen die reiche Familie, alle Brücken abgebrochen, nun stehen die beiden ungeschützt im Wind, leben von dem, was der Tag bringt, haben bisweilen rein nichts in der Kasse, aber im letzten Augenblick kommt irgend etwas, oft ganz unvermutet, und dabei sind sie wirklich und wahrhaftig sorglos, verschwenden keine Sekunde ihres Lebens auf ängstliche Gedanken, geben bisweilen in herrlichem Übermut ihr letztes, allerletztes Geld für etwas ganz Unnützes aus, für Blumenvasen beispielsweise, kurzum: sie leben das franziskanische Wagnis der Armut, das Leben der Lilien auf dem Felde, und ihre himmlische Heiterkeit feiert stille Triumphe über die Jagd der unglückseligen Welt nach Geld und Erfolg. Aber diese Reklusin, worüber nun eigentlich triumphiert sie? Sie ist noch nicht alt, erst fünfzig, hörte ich sagen. Das Volk ist schnell bereit, sich das Unbegreifliche handlich zu machen: es wird wohl eine Liebesromanze gewesen sein, die sie zu dieser Art Leben vielmehr Nicht-Leben trieb; aus unerfüllbarer Liebe ging sie ins Kloster, oder um ein Verbrechen ihres Liebsten zu sühnen lebenslänglich, oder der Geliebte starb und sie, die weiterleben mußte, wählte das Todeslos auf ihre Weise. Ich glaube nichts von allem. Sie hörte den Ruf und sie gehorchte, das ist alles. Sie war schon geboren worden mit dem Ungenügen an allem, was nicht ›das Absolute‹ war. Nun gut, aber es gibt doch auch andere Formen, das Absolute zu leben; warum geht diese Frau nicht zu den Leprakranken, nicht zu den unheilbaren vertierten Irren, warum nicht wenigstens zu den Focolarine, den armen Schwestern der Ärmsten? Warum diese Exklusivität, die nur Gott zum Gesellschafter duldet? Törichte Frage: weil sie nur ihr Schicksal wählen konnte, kein anderes. Aber dieses unnütze Dasein! Was tut sie denn, nichts, beten, lesen, Kreuzchen aus Bast flicht sie für Palmsonntag, aber dennoch: ist so ein Leben außerhalb des Lebens nicht pure Verschwendung, tragisches Mißverständnis? Die Rose verleugnet Duft und Dorn, der Apfel seinen Apfelgeschmack, die Biene verzichtet auf Blütenstaub und hört auf, Wachswabe und Honig zu bereiten, der Tiger zieht sein schönes Fell aus, geht nackt und verhungert neben dem Lamm, die Amsel verurteilt ihre Kehle zum ewigen Schweigen und verläßt fürder ihr Nest nicht, der Mensch will den Menschen nicht mehr. War auch das vorgedacht, vorgeplant in der Schöpfung, daß ausgesparte Stellen sind inmitten der wüsten Herrlichkeit der Welt? Was für eine Großmut des Schöpfers: er gestattet dem Geschöpf, sein Angebot der Fülle zurückzuweisen. Aber warum, warum gibt diese Frau ihm seine Geschenke zurück? Weil sie die größte aller menschlichen Freiheiten wählt: die Schöpfung zu lassen um des Schöpfers willen. Hunger und Durst sind zu ertragen, Kälte auch noch in diesen südlichen Breiten, und wenn man daran gewöhnt ist; aber die Enge der Zelle, aber die Einsamkeit, und vor allem dies: die bedrängende Nähe des Gottes, den diese Leere

herbeiruft unwiderstehlich. Wer ist diese Frau, daß sie den Gott erträgt und nichts als ihn?
Ein kleiner Hund kommt getrottet, er gehört dem Portier der Villa des Filmregisseurs gegenüber Sant' Anselmo, ein kurz- und krummbeiniger Köter, der bisweilen die Klausur nicht achtend in den Klostergängen spazierengeht, jetzt steht er neben mir, ich streichle ihn. Kleines Tier, warm und nah, vom Menschen gezähmt, ihm zugehörig, vertraut, greifbar, nicht zu fürchten, Geschöpf wie ich. Mir wird heiß vor Liebe zur geschaffenen Welt, und dann wird mir kalt vor Angst, ich könnte eines Tages wählen müssen zwischen Schöpfer und Geschöpf. Ich gehe rasch weg von diesem Ort des Schreckens, an dem der Dornbusch brennt, ich laufe fast, ich entlaufe, entrinne mit knapper Not, und auf einmal, schon oben vor dem Tor von Sant'Anselmo, fällt die Angst von mir ab und ich weiß: Ich wähle beides.
Vertrauter Boden: Sant'Anselmo; ich bin gerettet, hier begann mein Tag, hier soll er enden. Die Mönche beten die Matutin. Ich möchte mich hineinnehmen lassen in den Gesang, aber ich vermag die Schwelle noch nicht zu überschreiten, ich bin unruhig, ein Korb voll fremder naher verwickelter Schicksale, ich finde mich selbst nicht mehr, ich versuche aufzuräumen, aber was ich auch anfasse: immer halte ich den

Anfang eines Fadens in der Hand, und gleich spult sich das ganze Knäuel ab; vergeblich hier zu ordnen, mir zu begegnen, ich lasse es, überlasse mich dem Hin und Her meiner Gedanken, bin das Mädchen das seiner aufgeregten Gänseherde gestattet, eine Weile sich ins Unüberschaubare zu zerstreuen, und das sich einstweilen an den Wegrand setzt, die Hände im Schoß, wartend, bis die Herde sich müde gelaufen hat; und sieh, da kommen sie alle, das Geschnatter legt sich, das Flügelschlagen hört auf, die Herde duckt sich, Rücken an Rücken, ein weißes Feld, sanftes Federfeld, Schneefeld in der Dämmerung, und über dieses Schneefeld her werden mir die Gebete der Matutin zugetragen in großen, starken, friedebringenden Wellen.

Ein Tag vorüber, es wird Abend, wo ist die Ernte? Früher, da versuchte ich, abends mein Gewissen zu durchforschen nach dem Bösen und auch nach dem Guten, das ich getan hatte tagsüber, aber jetzt, nein, jetzt nicht mehr, jetzt brauche ich nicht mehr zu suchen; das Böse, das weiß ich genau genug, ich bin ein Mensch, das imperfekte Geschöpf, und hätte ich keine Schuld auf mich geladen, so habe ich immer noch Teil an der Schuld aller. Amen. Tat ich Gutes? In den jüdischen Legenden des Baalschem steht dieses: ein Frommer rechnet des Abends mit sich ab, so viele Sünden, soviel Gutes, Herr, sieh, ich tat einiges Gute, dieses und das; der Engel, der die himmlische Buchführung macht, hört sich das an, schreibt es auf, und dann, als der Mann fertig ist mit der Kontoaufstellung, da reißt der Engel die Haben-Seite heraus, zerknüllt sie, wirft sie weg, weit hinaus, da fällt sie ins Nichts.

Aber sprechen wir von anderem: ich habe zu danken für den Tag, niemand starb mir hinweg von meinen Lieben, niemand kränkte mich, die Sonne schien, ich sah das Meer, meine Schwermut und mein Kopfweh waren erträglich, die Arbeit hat sich nicht sehr gesperrt, die Liebe ist nicht ausgelöscht, und die Menschen taten mir Gutes: sie brauchten mich. Nun ist es Abend, bleib Du am Tor sitzen in der Nacht, überwache den Schlaf aller Kinder, der weißen, schwarzen, gelben, das leicht zugängliche Herz der jungen Mädchen, schenk den Liebenden schöne Umarmungen und den Kranken selige Träume, den Sterbenden gib Einsicht in Dein Geheimnis, den Mördern laß die Opfer entschlüpfen, den Dieben gib kleine Beute, doch nicht bei den Armen, den Huren sei gnädig, die Einsamen besuche Du, meinen Söhnen gib den gesunden Schlaf junger Männer, die Selbstmörder fang auf in Deinen Armen, den Freund laß mich besuchen gegen Morgen im Federkleid eines Sperlings an seinem Fenster, und laß mich ein klein wenig wachsen über Nacht, so wie Kinder unversehens wachsen im

Schlaf oder während des Krankseins, und werde Du Deiner Welt nicht müde, gib uns das Beispiel der Treue, damit wir den Mut behalten, Dir treu zu sein, Dir und unsern Gefährten und allen Menschen, bis zum nächsten Morgen, dann sehen wir weiter. Amen.

Die Matutin ist zu Ende, ich gehe nach Haus, und wäre der Tag nun vorbei, so wäre es schön. Ein abgerundeter Tag. Ein wohlklingender Akkord schlösse ihn ab. Der Punkt hinter einem Satz. Der Goldrahmen um das Bild, unserm ästhetischen Bedürfnis Genüge zu tun. Aber so ist das Leben nicht, so ordentlich nicht, so nicht, wie es mir gefiele. Zu Hause wartet die Abendpost, es wartet kleines Unerledigtes, nie komme ich heil durch meinen Stundenplan, nie ist die Tafel der unangenehmen, der lästigen Aufgaben abgeräumt, immer schleppe ich Körbe voll Kehricht des alten Tages hinüber in den neuen, aber was schadet es, da doch alles imperfekt ist, unser Tun, wir selbst, wir alle, und da doch das Imperfekte genau das uns Gemäße ist, das nie abgerundete, nie gesittet stillhaltende, nie schön geputzte Leben, das nichts ist als ein Weg, immer aufgerissen wie die ewig schadhaften abgenutzten überlasteten Straßenpflaster unserer Großstädte, dieser unser Weg, der mit all seinen unüberschaubaren Windungen über Tag und unter Tag, seinen Irrläufen, falschen Mündungen in Sackgassen, Spitzkehren, seinem endlosen unverständlichen Hügelaufhügelab doch ganz genau der vorgezeichneten Spur folgt, wie die uralten Bauernwege unbeirrbar den unterirdischen Wasserläufen folgen, dieser Weg, der, unbekümmert, ob wir daran glauben oder nicht, ans Ziel gelangt. Ein wenig beschämt beim Anblick der unerledigten Arbeit, doch gleich darauf gelassen getröstet, gehe ich zu Bett, es ist spät, immer wird es spät, ich lege mich nieder, lege mich in unsichtbare offene Arme, es sind jene, die mich erwarten im Tod. Es gibt eine Legende: Zwei Menschen, Liebende, sie lebten im fünften Jahrhundert in Frankreich, Hilarius und Quieta, er starb zuerst, man begrub ihn in St. Jean in Dijon. Als Quieta starb und man sie in ein Grab neben das ihres Liebsten betten wollte, hob Hilarius den Arm, legte ihn um sie und zog sie an sich. Im neunten Jahrhundert hat man sie getrennt, in zwei getrennte Gräber gelegt in der Krypta der Kathedrale zu Dijon, warum? Oh, über diese Häretiker der Liebe! Aber da waren die beiden längst an andrer Stelle untrennbar eins geworden für ewig. Das Gesicht dessen, der mich an sich ziehen wird, das verwandelt sich mir im Einschlafen, wird unfaßbar groß, ich ertrinke im todgleichen Frieden.

NACHWORT

Luise Rinser ist eine Erzählerin von reinstem Geblüt. Sie bezeugte das bereits mit ihren ersten literarischen Texten, zu einer Zeit also, als sie noch gar nicht daran dachte, Schriftstellerin zu werden, und nicht von der Frage gequält wurde, auf welchem ihrer vielfachen Talente der Hauptakzent lag: »Warum wurde ich Schriftstellerin und nichts anderes, wozu ich auch Talent hatte?« Aber wie konnte und – fast – durfte es anders sein, bei einem Menschen der sprechen und dichten zugleich lernte, sich in Versen zu äußern begann und mit anderthalb Jahren dichtete: »Auweh auweh, 's Katzele hat Bauweh.« Die Welt war erobert und begann sich von diesem Verslein aus zu entfalten, weitere Sprüchlein und auch Theaterszenen waren die Folge. Mit dem Sprechen entwickelte sich auch das Denken sehr früh, das Nachdenken, sich Bilder und Vorstellungen machen, das Umsetzen der frühreifen Sinnen- in die Geisteswelt. Der Weg war nicht einfach, war mit allerlei individuellen Hindernissen belastet, denen sie nie auswich. Mutig, fast mutwillig stellte sie sich den sie überfallenden Fragen. Aber der Wille im Zusammenhang mit der spürbaren Intuition zu einem wesenhaften Aufstieg war nicht zu leugnen: »Der Gedanke des *Aufstiegs* zu einem individuell-moralischen und in einem anthropologisch-theologischen Sinne scheint meine Denk- und Lebensgrundlinie zu sein. *Die* Thematik meiner Existenz.« Die Entwicklung ging nicht sprunghaft, sondern organisch evolutionär vor sich, allerdings nicht ohne innere Kämpfe, nicht ohne Auseinandersetzungen mit bedrängenden, gefährdenden Mächten und Gegenkräften, die sich namentlich zur Zeit der Pubertät bemerkbar machten.

Luise Rinser, am 30. April 1911 als Tochter eines Lehrers im oberbayrischen Pitzling geboren, wurde nach pädagogischen und psychologischen Studien selber eine leidenschaftliche, auf eigene Erziehungsmethoden aufbauende Lehrerin und Jugenderzieherin. »Ich bin, obgleich ich gar nicht so aussehe, eine echte Oberbayerin, das heißt temperamentvoll, schlagfertig, musikalisch, zu Witz und Scherz und Spott geneigt und ›nicht so leicht umzubringen‹«, lesen wir in einem Selbstporträt. Und auch: »Ich bin nicht primär dichterisch, sondern eine Erzieherin, ich habe ein pädagogisches Interesse, Menschen führen, das ist mir wichtig im Leben.« Sie scheint mit dieser Äußerung ihre wundervolle Doppelbegabung zu unterschlagen, wie die Schweizer Dichter des 19. Jahrhunderts, von denen es heißt, sie seien hochgradige Erzieher gewesen (Gotthelf, Keller, Meyer), dem Vorbild Pestalozzis folgend, der mit ›Lienhard und Gertrud‹ der erste Volksschriftsteller wurde. Bei Luise Rinser gewinnt die Dichterin in der Erzieherin Gestalt, und diese scheint im Dichterischen auf: »Nach jeder Arbeit befällt mich eine tiefe Erschöpfung und maßlose Verzweiflung, und ich frage mich: Wozu schreibe ich? Wird das Wort eines Schriftstellers noch gehört und bewirkt es etwas? Fallen die wesentlichen Entscheidungen dieses Jahrhunderts noch in einem Raum, der vom Geist regiert wird, oder schieben die übermächtigen politischen Ereignisse das Wort beiseite wie eine Attrappe? Nun, ich werde allen Anfechtungen zum Trotz weiter schreiben. Ich glaube weiter an die Kraft des Wortes.« Hier wird die intensive Religiosität der Dichterin, von der sie durchglüht ist, deutlich, hier durchdringt das Johannes-Evangelium – ›Im Anfang war das Wort, und das Wort war bei Gott, und das Wort war Gott‹ – ihre Aussage. Offenbar sind naturgegebene Frömmigkeit und Liebe in wunderbarer Einheit der eigentliche Anlaß zu Schwung und Glanz ihrer Prosa geworden, die innerhalb ihrer Diktion von Erzählung zu Erzählung, von Roman zu Roman eine beobachtenswerte Steigerung erfahren und ihre Grenzen in einem unbewußt erlebten Enthusiasmus finden. Das mag zusammenhängen mit dem Intus der leidenschaftlichen Gottsucherin und überzeugten Gottfinderin, die wahrhaftig keine Kopfhängerin, sondern ein lebensfroher, von der letzten Glückseligkeit überzeugter Mensch ist, für dessen Gotteskindschaft sie in ihren Dichtungen Zeugnis ablegt. Luise Rinser ist auch keine Tragikerin, obwohl sie ihrer großartigen Widerborstigkeit während der Nazizeit wegen nur durch das Kriegsende dem Tod entgangen ist: »Ich hatte zwei kleine Söhne, kein Geld, hungerte und war von der Gestapo überwacht. 1944 sperrten sie mich ein. Am Volksgerichtshof Berlin lief der Prozeß gegen mich. Anklage: Wehrkraftzersetzung und staatsfeindliche Gesinnung. Das Urteil wurde nicht vollstreckt, denn der Krieg war zu Ende.« Ihr Horoskop stand günstig, ihre guten Sterne gingen wieder und in Mehrzahl auf. Ihr erstes Buch, durch das sie berühmt wurde, ist der 1940 erschienene Erinnerungsband ›Die gläsernen Ringe‹, zu dem sie sagt: »Seine Aussage ist konzentriert im letzten Satz des Buches: ›Da erkannte ich zum ersten Male, daß nicht das wirre dunkle Leiden der Kreatur, sondern das scharfe klare Gesetz des Geistes mein Leben leiten würde‹!« Hermann Hesse, der von diesem Buch begeistert war, dankte der Autorin spontan, und zwar – völlig ahnungslos von einer Gefahr – mit Worten und Gedichten, die zur Verurteilung der Dichterin beigetragen haben werden. Er schrieb unter anderm: »Sie haben es mit Ihrem freundlichen Geschenk gut getroffen. Ich hätte zwar Ihr Buch zu jeder Zeit aufmerksam gelesen und Freude an ihm gehabt, aber jetzt kam es zu einer Zeit, wo ich, seit vielen Monaten von der Gicht lahmgelegt, für einen edlen und freundlichen Gruß von außen doppelt dankbar sein muß. Ich habe denn auch, so schwer es den kranken Händen fällt, ein Buch zu halten, Ihre wunderbare Kindheitsgeschichte mit dankbarer Hingabe gelesen, mich an ihren Zaubern erquickt und sie überaus lieb gewonnen, habe mit wahrer Freude wieder einmal ein reines edles Deutsch gelesen und mich auch sehr über den Ausklang des Buches und sein Bekenntnis zum Geistigen gefreut . . . Ich bin durch Ihre Geschichte wie durch einen Garten gegangen, jedem Bilde dankbar, mit jedem einverstanden, und es wird nicht lange dauern, bis ich es zum zweitenmal lese. Nehmen Sie herzliche Grüße und Glückwünsche von Ihrem H. Hesse.« In der Freiheit des Geistes wird der ungefährdet in der Schweiz lebende Dichter sich keine Gedanken darüber gemacht haben, daß er mit seiner Korrespondenz beinahe Unheil über die bespitzelte Kollegin bringen und einen verhängnisvollen Beitrag zum Todesurteil gegen sie liefern würde. Die teuflischen Mächte unterlagen ihrem unerschütterlichen Mut zur Gewissens- und Lebensfreiheit und verschwanden kapitulierend, ohne das Todesurteil vollstrecken zu können. Die wunderbare Einheit, deren es für die Persönlichkeit der Künstlerin Luise Rinser bedurfte, ließ nun nichts mehr vermissen. Das geht auch aus der Würdigung Thomas Manns hervor, der 1952 anläßlich der Verleihung des René-Schickele-Preises an Luise Rinser über das beste Buch des Jahres, ›Mitte des Lebens‹, schrieb: »Ein moderner, moralisch und psychologisch interessanter Roman einer Frau in der Mitte des Lebens wird in einer kühnen Form erzählt. Auch die Kunst der Darstellung ist von der Reife der Lebensmitte, und dahinter steht eine persönliche Erfahrung, die den integren Mut gehabt hat, sich dem Zeit-Bösen zum Kampf zu stellen. Ihr Werk läßt auch für die Zukunft Ungewöhnliches erwarten.« Luise Rinser, die in einem tiefreligiös gestimmten Elternhaus aufgewachsen ist und eine metaphysische Veranlagung in sich birgt, zugleich aber auch über eine klar ausgeprägte, von ihr zwar bestrittene Intellektualität verfügt, fand denn auch mit Leichtigkeit Zugang zum Philosophen und Metaphysiker Gabriel Marcel, dessen Lebensleitwort ihr zusagen muß: »Wenn wir, Pilgern gleich, auf diesen sehr beschwerlichen und mit Hindernissen übersäten Pfaden ausschreiten, dürfen wir hoffen, eines Tages das Licht leuchten zu sehen, dessen Abglanz unseren Weg erhellte, seit wir auf der Welt sind, das Licht, ohne das wir sicherlich nie aufgebrochen wären.« Aufbruch, Bruch, Einbruch sind Wörter, die Wendungen und Wandlungen in Luise Rinsers Lebensganzes gebracht haben. Sie gesteht selber, sie sei ständig »im Wandel« und durchlebe darum von Zeit zu Zeit heftige Krisen. In der *Schrift* steht: »Ich sage euch ein Geheimnis ... Wir werden aber alle verwandelt werden, und dasselbige plötzlich in einem Augenblick zu der Zeit der letzten Posaune.« Ihr Gottesbewußtsein ist grenzenlos, ihm anvertraut sie alles, auch die im Wandel feststellbare Immoralität, die kurzstreckenweise die sie beherrschende Moral überholt, um sich ihr dann wieder zu unterziehen. Dieses grausame Spiel wird am sichtbarsten im Roman, der Thomas Mann so gefallen hat, in ›Mitte des Lebens‹, in der großen, alle Dämonien des Erlebensmöglichen durchmachenden Gestalt der Nina, die Gabriel Marcel sehr imponierte: »Depuis que j'ai lu *Nina,* je regarde Madame Luise Rinser comme une des plus remarquables romancières de ce temps. Il est tout à fait exceptionnel de rencontrer pareille alliance de l'observation psychologique la plus aigue et de l'aspiration spirituelle la plus ardente vers un ordre providentiel où l'humain débouche sur le plus qu'humain.« Es ist die wirkliche Menschenneugier, von der Luise Rinser von Anbeginn ihres bewußten Daseins beherrscht ist; Menschenneugier heißt in ihrem Fall aber auch Lebensneugier, Sachneugier – die Gesamtheit geht auf in der unumstößlich gefestigten und gesicherten Gottgläubigkeit und Gottkindlichkeit, die auch nicht zerstört wurde, als ihr erster Mann im Kriege umkam und als die Nazis das Urteil über sie sprachen. Sie glaubte an die Göttlichkeit des Menschendaseins und an die göttliche Ordnung im Kosmischen (»Verkündigt Weisheit und Ordnung und Stärke dir nicht den Herrn, den Herrn der Welt«: Gellert) und glaubt fortan wissentlich an die großen Gesetze, an Ordnung im Diesseits wie im Jenseits; denn sie hat mit Leib und Seele ihren *Sieg* erlebt. Sie schreibt: »Soll die Literatur weiter Sinn und Berechtigung haben, so muß sie mithelfen, eine neue Ordnung zu schaffen. Sie tut es, indem sie sich zur Möglichkeit einer neuen Ordnung bekennt. Ich glaube, daß diese ›neue Ordnung‹ nur eine im Religiösen verankerte sein kann. Mein eigener Weg scheint – langsam und auf Umwegen – dorthin zu führen.« Diese Umwege sind in Luise Rinsers Romanen, Geschichten und Essays deutlich erkennbar, auch wenn sie bestreitet, autobiographisch zu sein. Aber wie könnte eine Nina, eine Klara, eine Daniela ohne das Leben ihrer Schöpferin existieren, da sie ja mit allem von ihr her belastet sind, mit ihrer Sehnsucht, ihrer Liebe, ihrem Mut, ihren Wünschen und Zweifeln, mit ihrem Glauben, ihren Hoffnungen, Erwartungen, Energien, Ängsten und Nöten, Heiterkeiten und Freuden, Melancholien und Depressionen. Das ganze gewaltige Programm gelangt zur Abwandlung, im Positiven wie im Negativen und im Gemischten: alles hängt von der Dichterin, ihrem Zustand, ihrem Sein, ihrer Laune, ihrer Seins- und Wunderschau ab. Intuition und Inspiration sowie konkrete Lebens- und Daseinsschau gehen organisch ineinander über und werden zur erstaunlichen dichterischen Einheit. Luise Rinser geht es um nichts anderes als um die Verkündigung der Wahrheit, ihrer Wahrheit, die sie erlebt hat und immer von neuem schmerzhaft erlebt, ohne zu zögern, auch wenn sie sich selbst dabei aufs Spiel setzt. Ist das nicht autobiographisch? Hängt es nicht mit einem Mystizismus in Perfektion zusammen? Mit jener übersinnlichen Welt, der Luise Rinser spürbar bis in die letzte Tiefe teilhaftig ist. Sie schreibt in ihrem Selbstbekenntnis: »Da ich schon eine potentielle Mystikerin war, hätte mich ein erfahrener Spiritual dazu bringen können, eine wirkliche Mystikerin zu werden oder zumindest eine Nonne in einem strengen Orden.« Dazu hätte sie ihrer Eigensinnigkeit, ihres Eigenwillens und ihrer widerborstigen Vorbehalte wegen wohl kaum gepaßt! Nonnenhafte Sanftmut durfte ihr zum Alleingang fehlen wie zum unterwürfigen Gehorsam unter Verzicht auf den freien Willen, der in die Gottesgebote auf besondere Art einkalkuliert ist. So nur konnten ihre Gestalten und Figuren frei sich entfalten; so nur gelangt die sanfte, liebenswerte Marie-Catherine in der ›Vollkommenen Freude‹ zu ihrem ersehnten Ziel, der wahren, der wirklich vollkommenen Freude. Die kostbare Roman-Erzählung ›Der schwarze Esel‹ (ein großartiges Zusammenspiel und eine Ineinanderfügung symbolisch-metaphysischer Kräfte und Funktionen, die sich auf das weiße Pferd und den schwarzen Esel konzentrieren, wobei der Wirklichkeit scheinbar der Boden entzogen wird) reißt Luise Rinsers Himmel auf, in dem sie sich selbst und selber offenbart. Wie allen andern Gestalten ihres großen Werkes läßt sie sich die ihr zukommende Gerechtigkeit widerfahren. Denn ohne Gerechtigkeit allen Wesen gegenüber, die ihren langen Weg kreuzen, kommt sie so wenig aus wie ohne Wahrheit. Luise Rinsers Gesamtwerk ist so vielgestaltig und komplex, daß seine totale und differenzierende Würdigung ein dickes Buch beanspruchen würde. Einer eigentlichen wissenschaftlichen Interpretation aber bedarf es nicht, denn es ist so klar und durchsichtig gegeben, daß es sich in psychologischer, geistiger, sachlicher Beziehung selbst interpretiert. Parodistische, satirische, ironische Elemente kennt es kaum, hingegen leben in ihm, ins Dunkle eingewebt, heitere Elemente – es wirkt eine Lebensfülle ohnegleichen. Um Luise Rinser im poetischen wie rein menschlichen Sinne noch näher zu kommen, müßten wir auch von ihren Tagebüchern, ihren tagebuchähnlichen Aufzeichnungen (›Grenzübergänge‹) ausführlich sprechen, denn sie macht aus sich selbst kein Geheimnis. Ihr ›Septembertag‹, den wir zum Schluß betrachten wollen, ist ein schöner Sonderfall.

»Mein Tag beginnt früh, er beginnt still und gesammelt, er verspricht viel, er verspricht Stille und Sammlung für die Zeit seiner Dauer, ich weiß, daß er sein Versprechen nicht halten kann, nicht halten will, und doch vertraue ich ihm, weil ich vertrauen will.« Das ist das Programm für einen Septembertag in Rom, wo Luise Rinser lebt, gesichert von innen her, gesichert nach außen. Alte Heimat und neue Lebensmitte sind zur Einheit geworden, und von ihr aus ist jeder Tag ein Neubeginn, Anlaß, das Lebenswunder zu bestaunen, zu lieben, dafür dankbar zu sein. Der Tag beginnt wie alle andern, aber wie diese ist er zugleich ein besonderer Tag mit eigenen Geschichten, winzigen Einmaligkeiten, die ihre Bedeutung haben, mit Begegnungen, Ergänzungen, Erlebnissen, Erfindungsmöglichkeiten. Der Tag wird vorgestellt, offenherzig, in nicht abreißendem Monolog, als gleichgewichtige Korrespondenz zwischen außen und innen. Da ist die Post des Morgens, sie bringt Geschichten, Erinnerungen, Fragen, Bitten, Ansprüche, Bekannte und Unbekannte melden sich, Stufen des Vergangenen werden sichtbar, nehmen Form und Gestalt an, das Urbild des ›Jan Lobel aus Warschau‹ wird wieder leibhaftig und tritt in den Septembertag. Vieles kommt, selbst das Winzige schafft Lust und Freude, Ungemach, Ärgernis, verlockt zu Ausweichen oder Flucht. Und doch ist alles da, wirklich, man ist nicht allein, hat Anlaß zur Besinnung, Selbstbesinnung, Grund zur Anteilnahme: »Ich liebe es sehr zu denken, zu fühlen, wie man alles, wirklich alles besitzt, das ganze Land zwischen Anfang und Ende und die Ewigkeit noch dazu, die durch alle Poren eindringt ins Gegenwärtige.« Das Telefon ruft, meistens um Rat und Hilfe. Die eigene Arbeit

bleibt zurück, wird überschattet vom Tagesanspruch.
Aber auch hier, gerade hier setzt wiederum das Geheimnis des Wunders ein: was er bringt, gestaltet sich, wird Dichtung, Bereicherung. Abweisung belastet, denn: »Wir alle, wir gehören zur herrlichen Vielfalt der Welt, und auf einmal vermag ich zu ahnen, wie das ist, daß Gott die Welt liebt. Wie ein Dichter liebt er sie.« Deshalb gehört hierher auch die traurige und zugleich tröstliche Geschichte von der fliehenden Schauspielerin mit zerbrochener Ehe (eine so diskrete und feine wie freie Transposition von Ernst Ginsbergs Schicksal). Die Einsamkeit dieser Frau gehört in diese Welt: »Das Ganze, immer das Ganze muß man sehen, und nicht groß genug kann man sich dieses Ganze, das eine einzige Ganze denken.« Zu seiner Erfassung drängt auch dieser eine Tag, als Teil des erahnten Ganzen. Freiheit und Bestimmung, was herrscht vor, ist wirklich bestimmend? Keines von beiden, beide sind organisch verbunden. Sich auszukennen ist nur möglich mit Hilfe der Gnade, von vielen als nicht existent abgelehnt, von den andern aber, den Glücklichen, erlebt, erprobt: »Seid ihr aber dumm; wißt ihr denn nicht, daß Freiheit Gnade ist, daß ihr Gnade braucht, um Freiheit als Freiheit zu erkennen, daß Gnade frei macht, daß man Gnade nur in

Freiheit annehmen kann, und daß ihr beides verliert, wenn ihr es getrennt zu denken wagt.« Luise Rinsers römischer Septembertag ist ein Mystikum, dem weder das Stadtgebraus, der technische Lärm noch die Niedrigkeit des Alltags etwas anhaben können. Davon kündet ihr Buch. Und ist selbst ins Mysterium des Lebens eingebettet. Die Philosophie des Herzens, in die Tat umgesetzt und von dieser in den geistigen Anlaß, ins Wort zurückgenommen, gipfelt in dem demütigen Ausspruch: »Mein Gott, laß mich nie schuldig werden durch das Wort, und verzeih denen, die sich dazu hergeben, Stimme des Bösen zu sein.« Dieser Satz stellt als Quintessenz der Dauer im Wandel, als Quintessenz des Ringens der Dichterin und des Menschen Luise Rinser deren bis zum heutigen Tage erworbene und gültige Lebenssumme dar.

Otto Basler